點燃快樂的爐火

◉劉墉 著

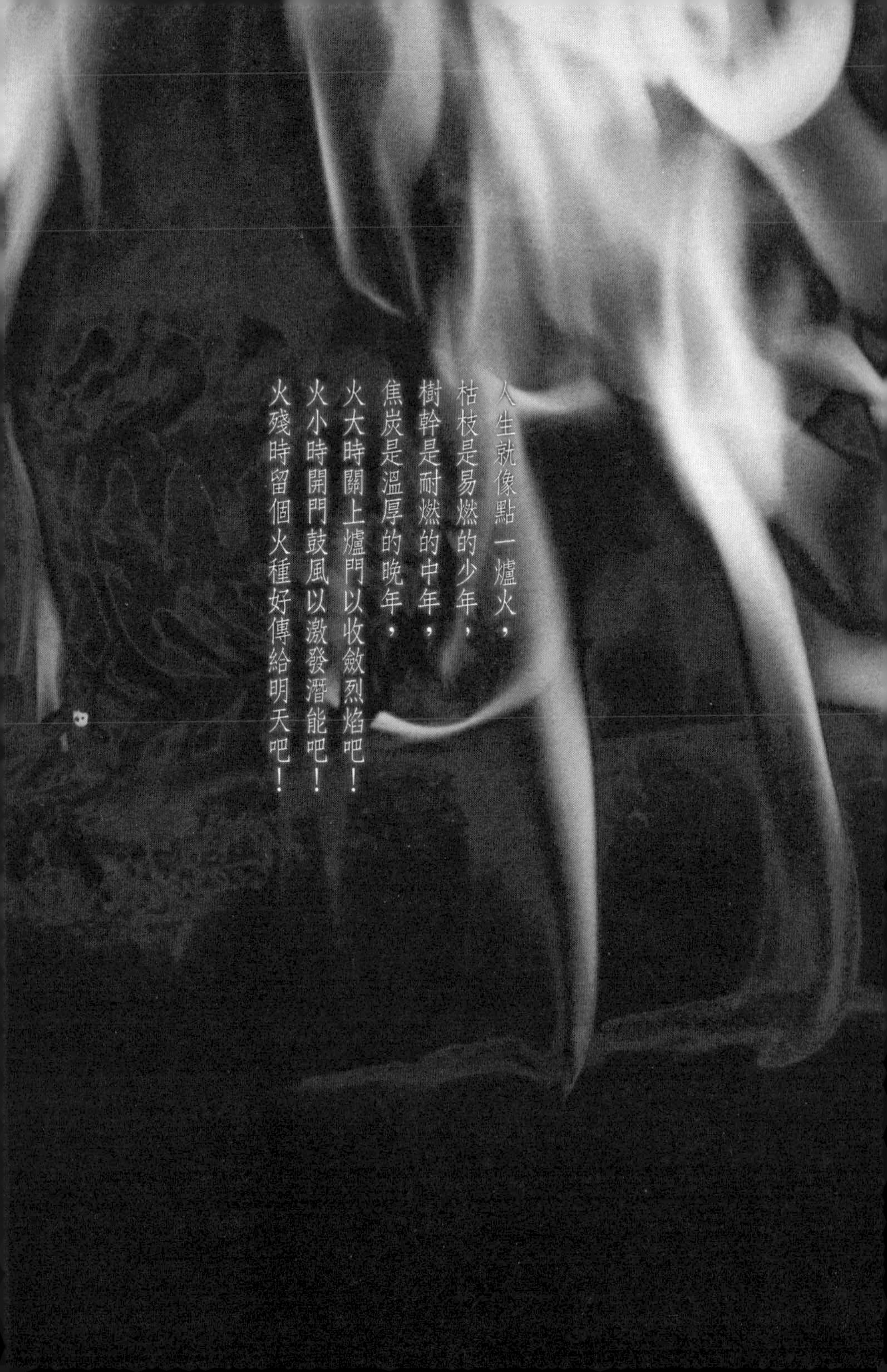

人生就像點一爐火，
枯枝是易燃的少年，
樹幹是耐燃的中年，
焦炭是溫厚的晚年，
火大時關上爐門以收斂烈焰吧！
火小時開門鼓風以激發潛能吧！
火殘時留個火種好傳給明天吧！

願這本書能像小小的火種一樣，
由灰燼中跳躍騰升，
且在新加的柴薪間
燃起熊熊的火焰。

【前言】

人生的跳躍與騰升

近幾年，我發現個有趣的事——

許多出版社來函，請我同意在他們出版的參考書中使用我的文章，作「閱讀測驗」的教材。

妙的是，那些文章往往選自我已經絕版十七年的《螢窗小語》。於是我猜想，大概因爲當年的讀者，現在都已經三十出頭。他們或者當上老師，或者作了編輯，於是把早年印象較深的文章用作教材。也可能因爲這幾本書已經絕版十七年，新一代的孩子不易見到，於是成爲老師們的「秘笈」。

當然，還有個可能，是因爲這些文章都不長，特別適於作「閱讀測驗」。加上那些文章用的「成語典故」較多，又有許多知識性的東西，可能特別適合老師的胃口。

讀自己二十五年前的舊作，確實感觸良多。發現三十歲的我，一方面因爲正在編《唐詩句典》，所以有許多引用詩句的文章；一方面因爲在大學教「東亞美術概論」，而有些談中國繪畫的東西。我實在很難確定，現在的年輕讀者會喜歡那些古典的題材，而幾度想將「它們」刪除，只是再想想，不踏著那些腳步，我不可能走到今天；那些文章畢竟都是「我」，所以除了過於艱澀的，仍然將「它們」保留。

這本《點燃快樂的爐火》，是我在大陸的旅行中完成「增刪校訂」的。行程中接觸許多年輕朋友，提到他們是讀《螢窗小語》長大，還有好些人說他們當年，模仿小語中的寫法，使作文大大進步，一副很感激我的樣子。

於是我又想，大概這種「格物致知」，由生活上的小事，推敲出人生哲理的寫法，既容易爲年輕朋友接受，也適於初學寫作者取材。

「一沙一世界，一花一天國」；「吾不如老圃，吾不如老農」；「問種樹得養人術」。可不是嗎？哪個人的成長與成熟，不是由生活中不斷發現得來的？古人的「教條」與「定理」遠不如近身事物，更能打動年輕人的心。

◉

願這本《點燃快樂的爐火》，能像小小的火種一樣，由灰燼中跳躍、騰升，且在新加的柴薪間燃起熊熊的火焰。

願新時代的年輕朋友，能從這本書中找到一些智慧與靈感。

目錄

火大時關上爐門以收斂烈焰吧！
火小時開門鼓風以激發潛能吧！
火殘時留個火種好傳給明天吧！

點燃快樂的爐火

小時候，我經常幫母親生火，爲免黑煙彌漫整個房間，每次我都先把小火爐端到院子的一角。然後找些舊報紙放在爐子的最下面，再擺進一些小木柴，最後加上大塊的煤炭。

點火必須由最易燃的舊報紙開始，由於爐子下方的通氣口很小，我總先搓一個小紙條，將它點燃之後，再探入爐中。

舊報紙很快就會被引燃，並冒出濃濃的黑煙及熊熊的火苗，雖然那煙非常嗆人，我卻必須把握時間，以不疾不徐的速度往爐中扇風，使報紙的火焰能引燃木柴，並延燒到煤炭。

眞正生火的功夫，也就在這兒了——我必須配合爐火的變化扇風，看到火力不夠時要用力大些，發現火苗不穩又得用力小些；那時儘管黑煙熏得我直掉眼淚，爐火烤得我兩頰通紅，也得耐心地做好扇風的工作。漸漸煤炭開始發紅，黑煙慢慢減少，我也就可以高高興興地將爐子端入廚房了。

◉

雖然現在由於科學進步，再也不必費力地去生火，但我仍然點燃另一種爐火——

每次我有新計畫的時候，總是躲在一邊細細思考，並排定辦事的程序，然後到各處奔走，使計畫能夠實現。

從童年生火的經驗我知道——起初看來熊熊的火焰，並不表示成功；我更知道——愈在黑煙瀰漫的時刻愈不能逃避，也愈得堅持到底。

人生就像點一爐火，枯枝是易燃的少年，樹幹是耐燃的中年，焦炭是溫厚的晚年。火大時關上爐門以收斂烈焰吧！火小時開門鼓風以激發潛能吧！火殘時留個火種好傳給明天吧！

我們靠自己

「媽媽！爲什麼我們從生下來，就要背這個又重又硬的殼呢？眞是累死了！」小蝸牛有一天問媽媽。

「因爲我們的身體沒有骨骼的支撐，只能爬，爬又爬不快。」媽媽說。

「毛蟲姐姐沒有骨頭，也爬不快，爲什麼她卻不用背又重又硬的殼呢？」

「因爲毛蟲姐姐能變成蝴蝶，天空會保護她。」

「蚯蚓弟弟沒有骨頭，也爬不快，更不會變，他爲什麼不背又重又硬的殼呢？」

「因爲蚯蚓弟弟會鑽土，大地會保護他。」

小蝸牛哭了起來：「我們都好可憐，天空也不保護，大地也不保護。」

「所以我們有殼啊！」蝸牛媽媽拍拍小蝸牛：「我們不靠天，也不靠地，我們靠自己。」

一個人在「不義」的時候，
還能夠「知仁」，雖是個不義的「壞人」，
卻比那些落阱下石、仁義盡失的「禽獸」好太多了。

不仁與不義

老趙一向有心臟病，這天晚上太太帶著兩個孩子出去吃喜酒，老趙一個人看家，心臟病突然發作，頓時只覺得千斤壓胸、眼前發黑，翻身栽倒，連抓電話求救的力氣都沒有。

老趙躺在地上喘著氣，心想這下完了！眼看兩腿要蹬，突然聽到救護車響，模模糊糊中，只覺得有人把大門打開，然後衝進一群醫護人員爲他急救，並抬上車子，老趙心想：「老天有眼，幸虧太太提早回家，準是喜酒不好吃。」可是左看右看，太太居然不在車上，抬進病房老半天，才見太太帶著孩子慌慌張張地跑來，而且進門劈頭就問：「你來住院，也不通知我一聲，而且怎麼連電視機也搬走了？」

老趙先是一怔，跟著噗哧一笑：「我送人了！」

那個小偷能不乘人之危，趁著老趙倒地時偷了就走，而起惻隱之心，先爲老趙找救護車，還打開大門，讓救護人員進來。眞可以說是「盜亦有道」。

一個人在「不義」的時候，還能夠「知仁」，雖是個不義的「壞人」，卻比那些落阱下石、仁義盡失的「禽獸」好太多了。

如果你喝一杯飲料時說：
「酸酸甜甜地，彷彿初戀的滋味。」這是美感。

快感與美感

什麼是快感？什麼是美感？

如果你喝一杯飲料時說：「真是太好喝了，太解渴了！」這是快感。

如果你喝一杯飲料時說：「酸酸甜甜的，彷彿初戀的滋味。」這是美感。

◉

什麼是美感距離？

如果你看到一幅畫像，而認識其中的人，八成會評它像不像。

如果你看到一幅畫像，而不認識其中的人，八成會評它美不美。

這當中的不同，就是美感距離。

不管我們怎麼對付敵人，總得為自己留個退路才行。

退路

有一家人遭了小偷，爲防止小偷再度破窗而入，屋主特別在樓下所有的窗子外面，加裝一道鐵欄。

但是接著他住的二樓又遭了小偷，並發現小偷是由一樓攀著窗上的鐵欄進入二樓的。於是屋主又爲二樓所有的窗戶裝了鐵欄，心想：我把每個窗子都裝上鐵欄，小偷本事再大，也不可能進來了吧。

豈知才過不久，這家樓下突然失火，幾個孩子和一個大人睡在二樓，因爲鐵欄的阻隔，無法逃出，竟攀在窗上，活活被燒死。

這個不幸的故事，給我們一個教訓——

當我們自以爲斷絕敵人的機會時，可能正爲他製造另一個機會；當我們把敵人所有的機會都阻絕的時候，也可能失去了自己的機會。

不管我們怎麼對付敵人，總得爲自己留個退路才行。

富貴時，難以入口的粗茶淡飯、竹筍菜根，
窮困時，卻可能嚼出真滋味；
得意時，不屑一顧的販夫走卒、僕從雜役，
蹇阨時，卻可能變成真朋友。

真滋味與真朋友

白天看，並不特出的斷橋敗柳、破屋殘花，斜陽晚照中，卻可能頗有幾分蒼涼高古的調子；烈日下，並不稀奇的竹籬茅舍、鄉野小徑，晨光曦微中，卻可能頗有幾分清涼幽遠的趣味。

◉

富貴時，難以入口的粗茶淡飯、竹筍菜根，窮困時，卻可能嚼出眞滋味；得意時，不屑一顧的販夫走卒、僕從雜役，蹇阨時，卻可能變成眞朋友。

詩人是對一切事物都關心的人。
詩人是能從醜裏見到美、從痛苦裏尋找愉悅的人。

詩人

你可以不會作詩，卻成爲詩人，因爲雖然你不能寫詩給別人看，卻可以有詩人的感覺；雖然你不透過語文表達，卻能在內心頌讚。

◉

什麼是詩人？

詩人是對一切事物都關心的人。從枝頭的新綠、階角的苔痕、晨流的清露、向晚的斜陽，到蟲的唧噴、鳥的啁啾、水的低語、風的呼嘯，乃至山岳的崩頹、江河的移轉、國家的盛衰、歷史的遷變，都是詩人關注的對象。

所以詩人的題材永不匱乏，詩人的靈泉永不乾涸。

◉

什麼是詩人？

詩人是充滿同情心的人。他憂國、憂民、憂時、憂這世上的一切，甚至花的繽紛、葉的凋零、星的殞落、月的消瘦，乃至一滴露水的墜落、一片雪花的消融、一朵雲彩的流浪，都能引起他的感傷。

◉什麼是詩人？

詩人是能從醜裏見到美、從痛苦裏尋找愉悅的人。他爲葬花而落淚，也爲盼望春回而欣喜；他歌頌綠油油的田野，也欣賞白皚皚的山巒；他對生命懷著熾熱的愛，也把死亡看作安詳的睡眠；他憎恨人類的殘酷，也歌頌戰爭的壯烈；他能以淚眼看花、冷眼看人生、青白眼看世俗。

◉什麼是詩人？

詩人是最敏銳的人。他能從枯枝上見到春、從繁花間悟到秋、從年老的皺紋裏感悟人生、從魚兒的優游裏找到快樂、從嬰兒的啼哭中開展希望。他能窺視穹蒼、諦聽萬籟、對語大地；即使一粒種子的萌發，他也能覺察；縱然是無生命的高山，他也能「相看兩不厭」。

◉

什麼是詩人？

詩人是最純眞的人。他的心裏不藏仇恨，所以能容得下山川；他的眼裏不帶偏見，所以能存得下日月；他的耳裏不留惡言，所以能容得下天籟；他不奔忙於富貴，所以腳下不染塵埃；他不攀援於名利，所以腕底自見天眞。

詩人有這許許多多，所以他又是最豐富而滿足的人。

有足夠經驗而瞄得準的人，常已年邁而乏張弓的力氣；
有充分精力而能張滿弓的人，
又常因年少而乏瞄準時測距量風的經驗。

穩健

我們常用「穩健」這個詞來形容人，其實穩和健是可以分開談的——穩是持重、妥當，健是強力、進取；穩是守，健是攻；穩是重量，健是彈性；穩常是行其所能行，健常是行其所欲行；老年人常穩而不健，青年人常健而不穩；穩而不健者乏衝勁，健而不穩者易顚躓。

◉

如果射箭時穩是瞄準，健就是張弓。穩而不健者，射得準卻不遠；健而不穩者，射得遠卻難準。問題是有足夠經驗而瞄得準的人，常已年邁而乏張弓的力氣；有充分精力而能張滿弓的人，又常因年少而乏瞄準時測距量風的經驗。所以「穩健」這個詞說來容易，眞正做到卻難上加難。

成人的無憂，是暫棄塵俗、快意自足、安貧樂道的「忘憂」。

天真無憂

我們常說：「孩子們天眞無憂，眞是快樂極了。」其實成人何嘗不能如此？甚至應該講：成人的天眞無憂，要比孩子的境界更高。

因爲孩子的天眞，是無邪的天眞，是未涉世、少點染的天眞；成人的天眞，是忘機的天眞，是拋棄機巧、反璞歸眞的天眞。

孩子的無憂，是未經風霜、未遇橫逆，不知憂愁的「無憂」；成人的無憂，是暫棄塵俗、快意自足、安貧樂道的「忘憂」。

成人的天眞與無憂，境界豈不更高嗎？

大部分人都遵守公德的社會，
無公德的人照樣能夠我行我素。
但是當大多數人都有公義時，
無公德的人自然會消失。

公德與公義

大家常說要培養公德，我則認爲更應該推展「公義」。因爲一般人心中，公德是在公共場所應有的道德，只要做到不亂丟果皮紙屑、不隨地吐痰便溺、不污染空氣、不製造噪音、不插隊、不搶座，就可以了。於是造成大部分人只會獨善其身，不知兼善天下，只會消極地遵守公德，卻不知積極地奉獻參與。

◉

至於公義，則是教導大家要急公好義。不但自己守公德，更要糾正他人的不守公德；不但自己守法，更要糾察他人的不法。於是一人作惡，舉城斥逐；一人不義，舉國聲討；非但見不善如探湯，更能見善恐不及；非但「幼吾幼、老吾老」，更能「及人之幼、及人之老」。

◉ 所以，在大部分人都有公德的社會，無公德的人照樣能夠我行我素。但是當大多數人都有公義時，無公德的人自然會消失。在公德的社會，如果有人滑倒，不一定找得到扶持，因為人們或許會想「我並沒有丟香蕉皮，這不干我的事。」相反的，在有公義的社會，眾人都會跑去協助，因為大家不僅希望作個守法的「好」人，更要作個助人的「義」人。像這樣大家都以天下興亡、世風良窳為己任的社會還能不安和？國家還能不強盛嗎？

因此，我們不但要有公德，更當發揮公義。

最成功的交友是化敵為友；
最要命的樹敵是化友為敵。

化敵為友

最成功的交友是化敵爲友；最要命的樹敵是化友爲敵。

化敵爲友不但交了新朋友，又少了舊敵人；化友爲敵不但失了老朋友，且樹了新敵手。

化敵爲友的友，彼此心中都有一番虧欠，愈會珍惜這段晚來的友情；化友爲敵的敵，必有長久的積怨，一朝反目，更是仇上加仇。

化敵爲友的友，因爲曾經長久對峙，所以愈能成諍友，見他人所不能見，言他人所不能言，且多一針見血。化友爲敵之敵，因爲曾經長期的相處，所以愈能成死敵，攻外人所不知的弱點、抓外人所不知的習性，且著著都中要害。

所以西洋有句諺語：「要打倒你的敵手嗎？只消娶他的下堂妻；要找出你最要命的仇家嗎？那就是你昔日的枕邊人。」

人生就是一場戲，我們都是其中的演員，
哭哇哇地在親長的圍觀下登場；
生龍活虎地在衆人的注視下表演；
吹吹打打熱鬧地落幕；淒涼寂靜地在墳土下安眠。

演員

演員的快樂是什麼？

是他可以藉著扮演的角色，發抒自己的情感；他可以用劇中人的笑，笑人間的醜態；也可以通過戲中的哭，哭悲涼的世事。他可以想像自己是那雄才霸略的漢武帝、驍勇善戰的奧賽羅、齎志沈江的屈原，或含恨而終的哈姆雷特。在短短兩三小時裏，他可以從劇中人的喜怒哀樂、悲歡離合，反省自己的人生。

◉

一個有智慧的演員，應該比別人更了解什麼是人生，因爲他把人生帶上了舞台，又將舞台變作了人生。他在期待中登場，於掌聲中落幕，在寂靜中離開。當他站在台上時，成爲所有觀衆注視的焦點；觀衆以爲他就是英雄、就是烈士，更爲他笑、爲他哭。但是到了台下，大家頂多只讚美他是一個成功的演員。

◉

人生彷彿一場戲，我們都是其中的演員，有時觀眾多，有時觀眾少，但不論觀眾的多寡，也不管我們演得好壞，落幕時總會獲得一些捧場的掌聲。

人生好比一場戲，我們都是其中的演員，有人一輩子演主角，有人一生作配角，又有些人只能跑跑龍套；雖然每個人都是演員，每個人的角色於戲中也有必要，但在觀眾的眼裏，卻有輕重的差異。

人生如同一場戲，我們都是其中的演員，沒有固定的劇本，卻有太多同台的其他演員，大家爭著表現、搶著露面；台下的觀眾則水準不齊、秩序雜亂，甚至有許多人半途入場，中間退席；至於場地，更不是缺水，就是停電，一會兒道具不足，一會兒燈光不亮，使許多優秀而賣力的演員，因爲外在的配合太差，而無法有最佳的表現。

◉

人生就是一場戲，我們都是其中的演員，哭哇哇地在親長的圍觀下登場；生龍活虎地在眾人的注視下表演；吹吹打打熱鬧地落幕；淒涼寂靜地在墳土下安眠。如果演得極佳，或是有幾位舞文弄墨的朋友，則可能還有篇洋洋灑灑的劇評出現。

人生眞是一場最難演的戲，我們都是其中短暫的演員！

在戰爭時沒有叫累的權利；
在地震時，沒有喊暈的權利；
在失火時，沒有怕燻的權利。

悲觀的權利

尼采曾說：「受苦的人，沒有悲觀的權利。」

小時候，每當我讀到這句話，都不解，認爲尼采未免太消極了，受苦的人已經很可憐，爲什麼連悲觀的權利還要被剝奪呢？

但是現在我已經漸漸抓到這句話的眞義，發現它不僅沒有消極的意思，反而充滿積極的態度，因爲：

在戰爭時沒有叫累的權利；在地震時，沒有喊暈的權利；在失火時，沒有怕燻的權利。

只有不叫累的戰士，才能獲勝；只有不喊暈的人，才能逃離危樓；只有不怕燻的人，才能擊敗祝融；也只有受苦而不悲觀的人，才能克服萬難、脫離困境。

富貴常得之於困頓；
奇逸常得之於平凡；
清淳常得之於幽遠。

困頓的牡丹

鄰居老先生在花園裏種了幾十棵牡丹，仲春四月，牡丹一下子都開了，姚黃、魏紫、夜光白、石榴紅，團圓飽滿地襯托在綠葉間，加上幽雅的馨香，給人一種端麗華貴之感。

「怪不得牡丹叫富貴花。」某日走過牡丹園，我忍不住地讚美。豈料正在整理花園的老先生，很不以爲然地轉過頭問：「你說牡丹是富貴花？」

「中國人自古稱牡丹爲花王，也叫她富貴花。」我說：「所以許多牡丹的圖畫上，都題有富貴滿堂、富貴長春之類的句子。」

「你一定是弄錯了，牡丹怎麼會富貴呢？」老先生把我拉近一棵牡丹說：「你看看，她的葉子不及蘭花的婀娜、她的枝子不如梅花的勁挺、她的根不像松樹那麼盤錯、她的幹不及竹子的軒昂。而且盛夏不見濃鬱，嚴冬惟留枯枝，只不過春天才發芽、含苞、開花，你如果說她富貴，是就眼前所見盛開的花朵而言，卻沒想到牡丹的一生。她是辛辛苦苦積了四季的營養、忍了冬天的霜雪和夏天的炙熱之後，才有今天豐富的花開，而且開完花，就又回復了平凡，跟一般樹不但沒有兩樣，反而更樸素些呢！」

◉

「富貴常得之於困頓；奇逸常得之於平凡；清淳常得之於幽遠。」我感慨地說：「您講的豈止是牡丹，更是人生的哲理啊！」

人似乎天生就是音樂家、舞蹈家和畫家，
但是，為什麼他們成年之後，
大部分都不再像兒時那麼放情地歌舞和繪畫了呢？

天賦的才能

才幾個月大的嬰兒，就已經會聆聽音樂，哼出不成調的歌。
才學走路的幼兒，就已經會手舞足蹈，應著節拍起舞。
才知抓筆的孩子，就已經會塗塗抹抹，畫些不成形的東西。
人似乎天生就是音樂家、舞蹈家和畫家，但是，爲什麼他們成年之後，大部分都不再像兒時那麼放情地歌舞和繪畫了呢？

◉

因爲他們漸漸學會了害羞，怕自己沒有嘹亮的歌喉、曼妙的身段和繪畫的細胞。
因爲他們愈來愈忙碌，忙得沒有時間欣賞音樂、沒有餘情應節起舞、沒有閒暇揮筆作畫。
就這樣年復一年，他們遺忘天賦的才能，也失去許多的快樂。

只有那些堅持自己理想的藝術家，
才能打破舊的形式，並樹立新的里程碑。

留鬍子

如果你過去每天都修面，今天決定留鬍子，起初的兩個禮拜，你的朋友看到一定會覺得奇怪，甚至家人見到你于思滿面，也會很不順眼。據說許多有意蓄鬍子的人，都因為這時耐不住別人好奇的眼光和詢問，而把鬍子重新刮掉。

但是話說回來，如果你能堅持到底，幾個星期過去，鬍子已經留得夠長，大家則非但不會再用奇怪的眼光看你，還可能讚美幾句：「不錯嘛！挺性格的。」「愈看你愈覺得性感！」

同樣的道理，如果你是一位已經樹立風格的藝術家，而今決定作新的嘗試，剛開始的階段，必然會遭到不少批評，許多人就因為受不了外來的責難，而退回過去的窠臼。只有那些堅持自己理想的藝術家，才能打破舊的形式，樹立新的里程碑。

贏的人不少，滿足的人少，所以輸的人多。

獨臂強盜

某日我遇到一位在美國賭場做事的朋友。我說：「你們的吃角子老虎眞是獨臂強盜，據我看，玩吃角子老虎的人，多半輸得精光。」

「你不能這樣說，如果你統計，會發現大部分的人，在玩的過程中都曾經贏過，只是因爲他們不滿足而繼續賭下去，直到把贏來的錢和老本都輸光，才不得不離開。所以你應該講『贏的人不少，滿足的人少，所以輸的人多。』」

「這大概是人們的天性吧！」我感嘆地說：「如果拿破崙和希特勒知道滿足的話，就都不會是輸家了。」

不要坐待退休，等人幫助。
在五十歲，甚至四十歲，
你就應該開始為退休之後作規畫了。

計畫退休

「退休的人，有四分之一會在六個月內逝世。」最近英國舒里大學研究員西門士在他的研究報告中說。

西門士認爲，退休的人之所以早死，是因爲苦悶和孤獨替代了他們原有的進取心，使他們對疾病的抵抗力比以前大爲減弱，或因爲沮喪而導致自殺。

「在當今的社會，沒有了工作，常就沒有了社會地位和自尊心。加上失去原有的收入，又不知如何適應每天二十四小時的空閒，自然會造成身心不平衡。」西門士說：「對於退休者的妻子，也有相當的困擾，因爲過去她可以在白天自由支配時間，丈夫退休後，則整天在眼前打轉。不斷的相處，容易暴露缺點，並引起爭執。」

爲了使人們適應退休後的生活，英國的許多公司特別爲即將退休的員工上課，教他們如何計畫自己退休後的經濟，並排遣時光。倫敦地區甚至成立了一個名叫「六十是成功之始」的職業介紹所，爲退休者安排新工作。

雖然以上這些情況都發生在外國，卻可以供我們參考，尤其是英國「退休前聯會」的兩句口號：「不要坐待退休，等人幫助。在五十歲，甚至四十歲，你就應該開始爲退休之後作規畫了。」

寫作前經營的時間愈多、刪裁得愈精，作出的文章就愈有力量。

刪在寫之前

高中時，我曾經拿自己寫的短篇小說，請一位名家指正。

「寫的內容嫌複雜了一點。」作家看完說：「你應該在寫之前，就決定哪些情節可以不寫。」

「如果要刪，總得在寫完之後，怎麼能在沒寫之前，就先去想不寫的部分呢？」我不解地問。

「寫作就好比烹飪，當你有了寫作的素材，編織了故事的大綱，就彷彿從市場買回材料，並決定要做的菜肴。你說下一步應該怎麼辦呢？」

「開始烹調啊！」

「錯了！如果你買了蔬菜，當然應該洗清、去皮、摘淨；如果你買了魚，則要刮鱗和去除內臟；如果你買的是豬肉、牛肉，也有拔毛、剔骨、去油和切塊、剁丁的工作。哪有不經處理和去蕪存菁，就下鍋烹調的呢？」作家說：「所以你有了寫作的材料和構想之後，先要加以整理，並把不必要的枝節刪除，然後才能動筆。烹調前下的工夫愈大、刀法愈好，做出的菜就愈細；寫作前經營的時間愈多、刪裁得愈精，作出的文章就愈有力量。」

秘密的另外一個意思，是「避覓」——避免去尋覓。

秘密

每個人都有好奇心，但對有些事可以好奇，有些事卻不該好奇；對學術是知道得愈多愈好，對別人的秘密是曉得的愈少愈佳；對學問，應該用各種方法去假設、探討、求證；對私事，不但不能去挖，甚至別人主動向你訴說時，也應該避免知道。

因爲今天對方很可能一時衝動地希望你分享他的秘密，明天冷靜下來，又後悔告訴你；今天他能夠信任你，明天會不會懷疑你呢？

◉

於是你知道了一分秘密，也就負了一分保密的責任；他告訴你一分秘密，也就對你多了一分顧慮。一朝秘密走漏，你總脫不了洩密之嫌；如果那秘密涉及違法的事，你更變成知情不報。從任何角度看，知道別人秘密都沒好處。

◉ 從前有個人半夜醒來，正聽見隔壁人商量造反的事，這人趕緊倒頭打鼾、流涎滿面，裝成熟睡的樣子，才算免掉被滅口的殺身之禍。又據史記記載，燕太子丹找田光先生談圖謀秦國的事，田光告辭時，太子丹送到門口，並叮囑地說：「我們所談的事，請千萬別講出去。」田光回去之後居然自刎而死，以免除太子丹的疑慮。

◉ 由這兩件事，更可知心藏秘密，足以招致殺身之禍。所以聰明人不把自己的秘密說給別人聽，也不聽他人的秘密，更不傳布秘密、探尋秘密。而秘密的另外一個意思，是「避覓」——

避免去尋覓。

抓在手裏的事，不見得最有把握；
放在眼前的東西，不一定看得清楚。
能找朋友隨時糾正固然最好，
否則自己也該常常站在客觀的角度，作個檢討。

旁觀者清

當我們往牆上掛畫時，多半要找個人站在旁邊，告訴我們掛得正不正、直不直；如果沒人幫忙，自己則要不斷地退後觀察，以修正差誤；有時得來回調整許多次，才能把畫平穩地掛上。

畫抓在我們手裏，釘子由我們釘，我們離畫又最近，反倒不如別人看得準。由此可知——

抓在手裏的事，不見得最有把握；放在眼前的東西，不一定看得清楚。能找朋友隨時糾正固然最好，否則自己也該常常站在客觀的角度，作個檢討。

好多有錢的大亨，一年到頭忙著賺錢，
就因為少了那麼一點輕鬆和豁達，就無法好好享用。

亨與享

小時候作文，我經常把「亨」與「享」弄混，但是有一次受到母親的責備時，我卻強辯地說：「亨跟享只差一點點嘛！」

「怎麼能說差一點點呢！」母親說：「亨少那麼一畫，就不能成爲享。好多有錢的大亨，一年到頭忙著賺錢，就因爲少了那麼一點輕鬆和豁達，就無法好好享用。」

「可是享多了一畫，您怎麼解釋呢？」我不服氣地問。

「這也有道理啊！享多那麼一畫，就不能成爲亨。人們往往爲了貪享那麼一點，就永遠當不上大亨。」

現代人就是這麼矛盾，
他們可能一步路都不願走（開車），卻喜歡長跑，
他們可能一步樓梯也不願爬（坐電梯），卻愛好登山；
他們可能一點冷也受不了，卻開著暖氣喝冰水。

現代人

現代人跟過去眞是大不相同。

過去騎馬，常在郊野草原，縱轡馳騁，爲的是開擴胸懷；現代人騎馬，常侷促在塵土飛揚的馬場，爲的是刺激和運動。

過去的人釣魚，總在風光明媚的湖畔溪邊，志不在得魚，而在怡情。現代人釣魚，則常圍坐著上炙下溽、人聲嘈雜的養魚池，爲的是釣魚容易，成績好還能賺錢。

◉

過去的人運動，多在晨光中練拳習劍，爲的是活動筋骨、呼吸新鮮空氣。現代人運動，則常在下班後匆匆驅車回家，再換上短褲，沿著空氣污染的街邊長跑，爲的是加強體能和減肥。

過去的人日光浴，總要選擇和煦的陽光，以免灼傷皮膚。現代人日光浴，卻常選擇海灘的烈日和室內的太陽燈，因爲這樣才能很快曬出「夏威夷的紅色」。

◉

現代人就是這麼矛盾，他們可能一步路都不願走（開車），卻喜歡長跑；他們可能一步樓梯也不願爬（坐電梯），卻愛好登山；他們可能一點冷也受不了，卻開著暖氣喝冰水。怪不得有人說：「最現代的美國人，用電之所以爲世界之冠，是因爲他們開著冷氣蓋電毯。」

好漢不提當年勇，而該專注於現在的努力；
更不提當年別人的不勇，而該檢討自己的得失。

不提當年勇

人們都知道「好漢不提當年勇」，卻總愛提當年「別人」的「不勇」。

所以一個人或許不說「想當年我已經作了科長」，卻可能講「想當年某人不過是個小科員」；他或許不說「想當年我在學校總拿第一名」，卻可能講「想當年某人留了級」。

表面看，他雖然沒有「自提當年勇」，只是「提了當年別人的不勇」，實際上，卻是以貶別人來揚自己。問題是：當他講這些話的時候，自己是否有了精進，別人又是否仍然老樣子呢？如果早先的小科員，而今升爲了經理；當年的科長，仍待在原位。如果以前的「留級生」，而今成了學者；當年的榜首，卻一無創獲。此時談他人當年的不勇，是否仍足以顯示自己的偉大呢？

◉

原本只有武勇，而乏智謀的呂蒙，篤志向學之後，能被刮目相看；出門數歲，大困而歸的蘇秦，苦讀再出之後，能佩六國相印。誰又敢以早期的不佳，來貶抑他們日後的成就！

所以好漢不提當年勇，而該專注於現在的努力；更不提當年別人的不勇，而該檢討自己的得失。

保存體力，輕鬆地起步，再拚全力突破最後的困難，要比一入手就緊張，到頭來卻鬆懈，效果好得多。

由淺入深

「如果一個學生能游二十二公尺，游泳池的長度是二十五公尺，我會叫他從淺處向深處游。」一位游泳教練對我說。

「可是他只能游二十二公尺，游到最後又正好是深水帶，豈不是太危險了嗎？」我問：「爲什麼不讓他由深水帶游向淺水帶呢？就算他後來游不動，還可以站起來。」

「因爲我發現學生照我的方法，進步比較快。」教練笑笑：「當你由淺水游向深水，起初必定知道保存體力，等到深水區，再拚命向前衝。也正因爲最後是在深水帶，游不動就會沈下去，所以必定發揮最大的潛能，即使原本只能游二十二公尺，到時候也能游完整個池子。相反的，如果你從深水游向淺水，起初必然拚命，等到力氣將盡，眼看自己已經在淺水帶，就算原先能游二十二公尺，恐怕二十公尺也會耐不住了。比較起來，有五公尺之差，你說該採哪種訓練方法？」

◉

保存體力，輕鬆地起步，再拚全力突破最後的困難，要比一入手就緊張，到頭來卻鬆懈，效果好得多。

事情要做成，各種條件必須相互配合，只逐一端是沒用的。

高麗參

我有一陣子很瘦，爲了增加體重，特別買了一些高麗參來進補，但是吃了許久，都無效。有一天遇到個學食品營養的朋友，就向他請教。

「你除了吃高麗參之外，有沒有增加日常飲食的分量？」營養專家問。

「沒有。」我說：「我向來都只吃一點點。」

「那你怎麼可能胖呢？」

「可是我每天都吃人參，高麗參不是非常補嗎？」我不解地問。

「如果你天天上補習班，回家卻不念書，你的功課可能有大的進步嗎？如果你天天練拳打坐，卻營養不良，身體可能好得起來嗎？」營養專家說：

「上補習班或許能幫助你理解，但是並不能爲你記憶；練拳打坐固然可以鍛鍊筋骨，但是並不能幫你製造營養。同樣的道理，人參可以幫助新陳代謝，但是你總要攝取足夠的食物，身體才有得吸收啊！事情要做成，各種條件必須相互配合，只逐一端是沒用的。」

新風格是從舊風格演變出來的；新品種是自舊品種改良的；
新國家是以舊有的土地和人民建立的；
新房子是以既有的木石建造的。

談新

每個人都喜歡新。喜歡新衣服、新鞋子、新房子；追求新知識、新事物、新風格；更不斷結交新朋友、進入新環境、接受新觀念。問題是，當我們在講「新」這個字的時候，卻可能犯了錯誤。

什麼是新？

必須對舊的而言，才有所謂新。所以我們可以說買了一件新衣服、穿著一雙新皮鞋，卻不一定能講娶了一個新太太，因為我們有舊衣服、舊皮鞋，卻不一定有舊太太。所以太太永遠是太太，除非再娶，是沒有新舊之分的。

◉

新的東西必須以後要能變為舊的，今天才能稱為新。譬如我們所說的新款式，將來會成為舊款式；我們所住的新房子，將來會成為舊房子，所以今天我們可以稱它們爲新。相反的，太陽雖然億兆年來便已經存在，每天的朝暉又都能變爲夕照，我們卻不能稱今天的太陽爲新太陽，或一萬年前的太陽是舊太陽。因爲太陽不會舊，太陽永遠是太陽，所以沒有新舊之分。

同樣的道理，我們常說新棉花、新木料，卻不會說新金子、新石頭，就是因爲棉花和木料容易變舊，金子和石頭則否。

◉

此外，新常要能成爲潮流、變爲事實、演爲風氣、爲多數人承認，才能稱爲新。所以在石濤、八大和莫內、梵谷的時代，人們可以稱他們的作品爲新風格，因爲那種風格是走在時代前端的，是創新且爲後人欣賞、仿效和肯定的。相反地，如果一個人只是亂出花招，標新立異，甚至違風悖俗，絕不能稱爲眞新。所以我們可以稱迷你裙爲新款式，卻不能說裸奔是新風格；我們可以說「新寫實主義」爲新派別，卻不能讚賞某人拿雞蛋和蝸牛向畫布上砸是新派。

新又有感覺上的新和實質上的新。譬如一件新做好的衣服，是實質上的新衣服，因爲原本並沒有那件衣服；但是一個新發現的元素，實質上卻不能說是新的，因爲那個元素早已存在，只是新近被發現而已。又譬如說「在環球旅行中，我今天到達了一個新國家」，這句話中的「新國家」可能有兩種意思：一爲新成立的國家，一爲新到達的國家。前者是實質上的新，後者爲感覺上的新，其間也是有別的。

由以上許多點，我們知道「新」這個字是多麼難用了。最重要的是：當我們討論新的時候，絕對不能忽略舊的。因爲新的常以舊的爲基礎。新風格是從舊風格演變出來的；新品種是自舊品種改良的；新國家是以舊有的土地和人民建立的；新房子是以既有的木石建造的。沒有舊，便沒有新；沒有新也便沒有舊，在這新新舊舊之間，歷史便寫成了，世界就進步了。

想防止墨裂，最好的方法就是多用功。

用墨

經過一個寒假，開學時，我發現許多學生的墨居然碎成了小塊。

「因爲美國的天氣太乾燥，加上使用暖氣，使我們的墨都碎了。」一個學生向我解釋。

可是當我細細觀察之後，發現幾個比較用功的學生的墨，則完好如初。

「你們知道爲什麼我和這幾位同學的墨都沒裂嗎？」我說：「因爲我們不斷使用。墨常磨，則濕度總保持在一定的程度，自然不易裂。相反的，如果你畫一天，停十天，墨錠暴露在乾燥的空氣當中，日乾一日，是一定會裂的。所以你們如果想防止墨裂，最好的方法就是多用功。」

從一個人看的書，就可以知道這個人，
因為不是他喜歡的書，他不會去借；
不是他感興趣的東西，他不會去研究。

圖書室

我有一位在政界非常得意的朋友，以知人善任聞名。某日，我向他請教用人的方法。

「我的人事資料，一半在人事室、一半在圖書館。當我這個單位剛成立的時候，就決定設立圖書館，而爲了配合同仁的需要，除了一些必要的字典、文庫之外，我要求每位職員每年推薦五本他想讀的書，由公家採購。也就從推薦的書單和借書的資料當中，使我能對每個人有較深的認識。」他得意地說：「你想，如果一個職員雖然推薦了五本書，卻從來不去借，反而專挑些電影畫報看，他會是個誠信進取的人嗎?相反的，如果一個人不僅讀完了自己推薦的書，還借出不少別人推薦的好書，你當然會對他刮目相看。

從一個人看的書，就可以知道這個人。因爲不是他喜歡的書，他不會去借；不是他感興趣的東西，他不會去研究。如果你細細觀察，可以從職員借書的類別和次數，分析出他心理和工作的情況。譬如他同時借許多同性質的工具書，顯示他正從事那方面的研究；又譬如一個向來都借學術性書籍的人，突然對小說畫報感興趣，也可能在生活和心理上有所改變。常常注意職員讀書的情況，實在有助於長官對部屬的了解。每當我發現某位職員借書習慣有了大改變，而找他們談話，常能及時解決許多與他們本身或公事有關的問題。

此外，從讀書的性質和類別，也可以看出他們的特長而加以任用。譬如常借外文書的人，我試著付託給他有關外文的工作；常借文史書籍的人，我讓他們擬寫文稿；總借藝術圖書的人，我則向他請教美術設計方面的問題。我發現這樣做，要比全憑人事室資料準確得多，這也就是我用人的秘訣了。」

◉「眞沒想到一個圖書室會有這麼大的功用。」我感慨地說：「許多單位都有圖書室，不論長官或部屬，都該好好利用啊！」

適度的儲蓄和節儉是對的，但是只為弄錢而不要命，甚至貪贓枉法、投機行險，就反不如無儲蓄的人了。

儲蓄

「許多人一心想著弄錢，似乎有錢才有安全感，對於這一點，您的看法如何？」有個學生問我。

「『有錢才有安全感』這句話雖然不對，但也不全錯。盈餘時知道儲蓄，虛空時自然能不致窘迫，問題在儲蓄的方法和態度。我想你們小時候都看過螞蟻和蚱蜢的故事，天氣暖的時候，蚱蜢只會玩耍，螞蟻卻知儲糧，到了冬天螞蟻無慮，蚱蜢則因爲找不到食物而餓死，由這個故事我們知道儲蓄確實能帶來安全。但是話說回來，如果螞蟻過度地工作，甚至冒不值得的凶險，以致積勞或遇難而死，不是反不如蚱蜢了嗎？所以適度的儲蓄和節儉是對的，但是只爲弄錢而不要命，甚至貪贓枉法、投機行險，就反不如無儲蓄的人了。」

不阿世媚俗，攀附權貴，寫自家面目，開自家胸次的，才能成為真畫家。

畫乃吾自畫

某日我讚美一位藝術家的畫：「您的畫眞是太討人喜歡了。」

沒想到，他立刻板起面孔：「我的畫爲什麼要『討』人喜歡呢？我作畫從來不想『討』別人的喜歡，也不『求』任何人買，我的畫是畫給自己的，我想怎麼畫，就怎麼畫。所以你只能說我的畫『令』別人欣賞，卻不能講它『討』人喜歡。」

◉

這使我想起莊子田子方篇中說過的一個故事：某日，宋元君召畫家畫圖，畫師都到了，受命揖拜，很有禮貌地站著舐筆調墨，爭著上前表現。但是有位後到的畫師，不但慢吞吞地來，行禮之後居然也不站著等候，而逕自到別的地方去了。宋元君覺得奇怪，派人去看他，發現他居然解開衣服，坦胸露背地箕踞而坐。宋元君聽了說：「對！

這才是眞正的畫家啊！」

◉

不阿世媚俗，攀附權貴，寫自己面目，開自家胸次的，才能成爲眞畫家。古今中外，大概常如此。但是當我們欣賞那位瀟灑的畫家時，更得佩服宋元君這位禮賢下士的伯樂。

無知常是災害的起點。

防火

人人都怕火災，但有多少人懂得防火呢？

住高樓的人，往往把通向防火梯的鐵門打開，以爲這樣空氣比較流通，失火時便於逃生。豈知整棟大樓的防火梯，很可能就因爲一扇門沒關，而失去救生的效用。火警時，烈焰和濃煙由那扇門衝出，可以將梯上的人活活燻死。

◉

發現屋裏失火，許多人更急著開窗放出濃煙，豈知原本因氧氣不足而無法燃燒的氣體，就因爲氧氣的流入而爆炸，結果原本不大的火勢，在瞬間蔓延得無法收拾。

◉

最可恨的，是許多建築工人先在天花板上裝防火警鈴，再爲天花板噴刷「裝飾壁材」，結果壁材滲入或掩蓋了防火警鈴，使高價裝置的警鈴系統失效。

◉

以上三者，都不是有心危害大眾，而是由於無知。無知常是災害的起點。

有感於此，我們怎能不加強防火教育？

不順眼的東西，多看幾眼；
不順眼的人，多處些時，
說不定意外的美好就會出現了！

不順眼

人們常用「順眼」和「不順眼」來表示自己的喜歡與否。我覺得「順眼」這個詞用得眞是太恰當了，因爲我們不欣賞一個人或一樣東西，常不是爲了他們本身不好，而是由於不順我們自己的眼。問題是人的眼光常會改變，所以順眼與否，也就沒有一定的標準。今天看著順眼，明天未必看著順眼；昨天不順眼的東西，今天則可能完全相反；大約任何東西看習慣了，也就能變得順眼。

◉

所以寬領帶剛上市的時候，有人覺得活像繫條餐巾，很不順眼，但是看久了，倒覺得挺大方。相反的，習慣寬領帶之後，突然見到窄領帶，又覺得像是綁條睡褲的腰帶，而變得不順眼了。

看人也一樣，許多我們看來極不配的夫婦，當事人卻覺得是天作之合。許多外人看來極醜惡的面貌，他們的親屬卻覺得非常不錯。這大概就是「情人眼裏出西施」和「兒不嫌母醜」的道理吧！

◉

由此可知，我們看不順眼的東西，未必就壞；看不順眼的人，也未必就醜；絕不能以自己一時的好惡下斷言。一個人物的美醜與善惡，也不可能讓我們一眼窺透。

不順眼的東西，多看幾眼；不順眼的人，多處些時，說不定意外的美好就會出現了！

男女都可以做自己「能」做的事，才稱得上男女平等。

男女平等

男女平等，不是男女相等。因爲男女天生就不相等，也無法相等，你不能叫男人去懷孕，也無法使女人都有男人的力氣。上帝造男女，是叫他們平等地去合作，而不是讓他們去奪權。所以女人不能說「男人如何做，我也要如何做」；男人也不可講「因爲女人會那樣，我也要那樣」。這都犯了只知求相等，卻不知求平等的錯誤。

因此，在爭取男女平等的時候，不論男人或女人，都要捫心自問：「我能做什麼？」而不該堅持「我要做什麼」；男女都可以做自己「能」做的事，才稱得上男女平等。

西班牙的鬥牛士有句俗話：
「你再得意，也不能把鬥牛的紅布拋在空中。」

棄書

每年聯考結束，總可以發現許多教科書被棄置在考場四周，令我有幾點感慨：

㈠教科書之於考生，好像槍之於士兵，哪有士兵打完仗就把槍扔掉的呢？

㈡那些書伴隨考生多年，考生在上面圈重點、作眉批，人與書彼此總有些情感；哪有目的達到，就把老朋友甩到一邊的道理呢？

㈢一個考生把書扔掉，常是由於考得太差，以後不打算再試，或自認考得很好，以後不必再考這兩種原因。前者是自暴自棄，後者未免太過自信。

㈣不管考生是爲什麼把書扔掉，有一件事是可以肯定的：他們爲考試讀書，不是爲做學問讀書；因爲做學問的人不可能把念了許多年的書扔掉；就算以後無須再讀，總該留在手邊一陣子，以備查考資料的不時之需。溫故而知新，誰敢說念過的東西就都能記牢，誰能說舊書重溫不會有新的領悟呢？何況那些書都是自己多少年摩挲慣的，要找什麼章句，一翻就能翻到。面對舊書，彷彿與老友相晤，彼此不開口，便能有許多溝通。

(五)考生把書籍、講義棄置考場四周，煩勞服務人員清掃，是沒有公德心。一個人求學，應該德智並進，這種人考完「智」，就忘了「德」，就算智能佳、考得好，又有什麼用？

◉

西班牙的鬥牛士有句俗話：「你再得意，也不能把鬥牛的紅布拋在空中。」

孫文先生更說過「竹槓與馬票」的故事——苦力中了馬票，得意地丟掉竹槓，才想起馬票仍藏在竹槓裏。

當我們想「瀟灑」地把書拋棄時，眞該三思啊！

所以當領導者，遇見雖具才能，卻對自己辦事有阻礙的人時，不宜衝動地將對方斥退，而該冷靜地為對方另作安排，說不定到頭來，受益的還是自己。

芳蘭當户

據蜀志上記載，有一天劉備要殺張裕，諸葛亮前去勸阻，劉備不答應，而以「芳蘭當户，不得不鋤」來解釋殺張裕的原因。意思是說張裕雖然很有賢才，但是彷彿芬芳的蘭花，正好長在門口，因爲影響人進出，所以不得不除去。

「芳蘭當户，不得不鋤」，這句話乍聽似乎有理，但是深一層想：如果改爲「芳蘭當户，不得不移」豈不更好？蘭花擋了門，何必那麼衝動地揮鋤砍去呢？如果耐心地把它連根挖起，移植到窗下，豈非不僅保存了珍貴的蘭花，更能享受那王者之香嗎？

所以當領導者，遇見雖具才能，卻對自己辦事有阻礙的人時，不宜衝動地將對方斥退，而該冷靜地爲對方另作安排，說不定到頭來，受惠的還是自己。

我們從事任何一門學術的研究，都得不斷地求新求變。
不僅科學是一日千里、時刻進步的，
便是最固定的語文，長久下來，也會有許多改變。

語文脫節

許多已經在自己國家學過中文，又赴中國深造的外國朋友表示，他們以前學的許多詞彙，到中國根本用不上，甚至有脫節的感覺。舉幾個最常見的例子：

他們學的「電門」，我們今稱爲「開關」。
他們學的「洋火」，我們今稱爲「火柴」。
他們學的「西紅柿」，我們今稱爲「番茄」。
他們學的「胰子」，我們今稱爲「肥皂」。
他們學的「洋灰」，我們今稱爲「水泥」。

其實他們老師教的「電門、洋火、西紅柿、胰子、洋灰」都沒錯，只怪那些在外國教中文的老師，幾十年不到中國，產生了脫節的現象。

◉由此可知，我們從事任何一門學術的研究，都得不斷地求新求變。不僅科學是一日千里、時刻進步；便是最固定的語文，長久下來，也會有許多改變。

伸出你的雙手，跨出你的腳步，
堅毅、忍耐、奮進，勝利就在眼前。

勝利在眼前

不要怕土地堅硬，只要你有手，土地就是軟的。
不要怕路途遙遠，只要你有腿，路途就是近的。
不要怕高山聳峙，只要你有毅力，峰頂就在眼前。
不要怕長夜漫漫，只要你能忍耐，光明就將出現。

想想：

哪塊堅硬的土地，不在農人的手下獻上糧食？
哪條遙遠的道路，不在我們的腳步下逐漸縮短？
哪座巍峨的高山，不在登山家的足下臣服？
哪個黑暗的長夜，不在我們的忍耐中變成光明？
伸出你的雙手，跨出你的腳步，堅毅、忍耐、奮進，勝利就在眼前。

儘管我們「欣賞」一樣東西的時候，
多半也會「喜愛」它，
但「愛」和「欣賞」不一定要共存。

愛與欣賞

「愛」和「欣賞」，表面看來接近，實質卻有距離。愛常是主觀的、執著的；欣賞往往是客觀的、評斷的。所以儘管我們「欣賞」一樣東西的時候，多半也會「喜愛」它，但「愛」和「欣賞」不一定要共存。

◉

對某些人，我們雖不愛，卻能欣賞。譬如在戰場上，我們可以向誓死不屈、壯烈陣亡的敵軍勇士行禮，因為雖然我們不愛他，卻欣賞他英勇的表現。

對某些人，我們雖不欣賞，卻可能深摯地愛他。譬如父母可以對不肖的子女說：「我們很不欣賞你的行為，但是仍然像過去一樣愛你。」

◉

又有些情況，我們可以愛，但是不欣賞；雖然不欣賞，卻又不完全否定它的價值。譬如蘇東坡在評宋代名書法家李建中的作品時說：

「李建中的書法雖可愛，但是品味不高，卻不能把他拋棄。」

伏爾泰則說：

「我可以不同意你的看法，但我誓死維護你發言的權利。」

只有在心靈渴望，又不趕進度的情況下，
才能得到讀書的樂趣。

細細品味

我們吃東西，除了爲果腹，還要求味覺的享受。但是餓極了多半會飢不擇食，顧不得細嚼慢嚥地品嚐；吃飽了之後，又因爲失去食慾，就算山珍海味放在眼前，非但不想吃，還可能有要作嘔的感覺。

◉

我們讀書，除了爲求知，還要求讀書的樂趣。但是爲考試開夜車的時候，多半只知死背硬記，顧不得推敲玩味；塡鴨塡得太多之後，又對書產生反感，就算名著放在眼前，非但不想讀，還可能頭痛。

◉

只有在想吃東西，又不餓極了的情況下，才能享受食物的美味。
只有在心靈渴望，又不趕進度的情況下，才能得到讀書的樂趣。

有的敵人，我們畢生只要遇到一次，
就可以永遠不再怕他。

敵人

你只要小時候得過一次痲疹，就可以終生不再怕它，因爲你對痲疹已經免疫。

你如果這次把手磨出了水泡，下次就比較不容易再起泡，因爲手掌的皮愈磨愈結實。

但是如果你今天跌斷了腿，以後卻得更小心，因爲跌斷的骨頭，不僅不可能長得更強固，反而變得更脆弱。

◉

有的敵人，我們畢生只要遇到一次，就可以永遠不再怕他。

有些敵人，我們愈與他戰鬥，愈不怕他。

又有些敵人，可能給予我們難以復原的傷害，只好避免再與他正面遭遇。

公園是城市的肺，因為它可以供應新鮮的空氣；公園也是城市的休閒，因為它可以分散噪音、減少緊張、消除疲勞。

城市鄉村化

英國是城市鄉村化最成功的國家，在城市裡處處可以看到廣大的公園，有著重重的密林、寬闊的草地和潺潺的流水，使人站在公園這一側的街上，想不到公園的另一邊也是車水馬龍，而有面對郊野的感覺。

我在倫敦的時候，曾經問那裏的朋友：「倫敦可以說是寸土寸金，爲什麼卻保留這麼多大得驚人的公園呢？」

「肺臟占人身很大的比例，可是我們不覺得它累贅；休閒的時間占一天的三分之一，可是我們不覺得它多餘。」朋友笑笑：「同樣的道理，公園是城市的肺，因爲它可以供應新鮮的空氣；公園也是城市的休閒，因爲它可以分散噪音、減少緊張、消除疲勞。」

當我們心想：「我不覺得自己有什麼錯」時，很可能已經失之不自見。

慎獨與自見

在修身處世中，最難做到的，要算是「慎獨」與「自見」了。

慎獨是須臾不離正道，不愧於屋漏❶。自見是客觀地自我省察，不因私心而蒙蔽。雖然這兩者看來只是自我修持反省的工夫，卻間接對我們的行爲造成很大影響。因爲不慎獨，就容易恣情於不獨；不自見，則總是見別人的不對。於是獨處時無礙他人的「意淫」，到了人前就容易生出淫念、造成邪行；獨處時發財的妄想，遇到機會，則易化爲貪念、造成犯罪。於是因爲不自見，而造成固執、狂傲、不自量力，乃至在失意時，只會怨天尤人，不知自我反省。更由於見不到自己的錯處，只知派他人的不是，而造成偏激。

◉

所以當我們認爲：「我可以不做，但是想想總不犯法吧！」時，已經是不能慎獨。當我們心想：「我不覺得自己有什麼錯」時，很可能已經失之不自見。

慎獨與自見，眞是看來事小，影響事大。看來容易，做來卻困難萬分的啊！

註：

❶古人設床於室內北窗旁，在西北角上開有天窗，故稱屋漏，指外人見不到的地方。不愧屋漏，猶言不欺於暗室。

第一等人創造，第二等人闡揚，第三等人模仿。

創造與闡述

莎士比亞只有一個，但是窮畢生之力以研究莎翁的人有多少？

曹雪芹只有一個，但是全力鑽研考證，治「紅學」的人有多少？

王羲之只有一個，但是千百年來，專習「王字」的人有多少？

問題是如果莎士比亞、曹雪芹、王羲之，一生也都在臨摹、仿古、考證、蒐補的話，又何來哈姆雷特、紅樓夢和飄若浮雲、矯若驚龍的「右軍書風」呢？

◉

聰明的人跟著偉人走；偉大的人自己走。

第一等人創造，第二等人闡揚，第三等人模仿。

只有時刻觀察、思索的藝術家，才能有最深入的表現。

樂工畫家

宋代的名畫家翟院深，據說曾在官府擔任擊鼓的樂工。有一天太守請樂隊在府裏演奏，翟院深打鼓打到一半，突然停住，並仰面看天，使得樂曲大亂。太守十分不悅地問他原因，翟院深回報：「當我在擊鼓時，突然看見一片淡淡的孤雲從天際飛過，非常可愛，心想把它畫下來，所以把擊鼓這件事給忘了。」

◉

在這個故事中，翟院深誠然對自己正在擔任的工作不夠專心，但另一方面也可以見出他對繪畫用功之深。只有時刻觀察、思索的藝術家，才能有最深入的表現。

**我們原本以為非常平凡的自己，
竟是許多人的夢想堆積成的。**

堆積的夢想

夢想，有時多麼平凡！
遊子們夢想有一天能與家人團聚。
病危者夢想有一天能恢復健康。
聾子們夢想有一天能聽得到。
跛腳者夢想有一天能走得好。
瞎子們夢想有一天能看得見。

◉

有健康的身體、明亮的眼睛、聰敏的聽覺、穩健的腳步和團圓的家庭，不是很容易嗎？不是大部分人都能如此嗎？可是它爲什麼卻能成爲別人的夢想呢？

因爲那許多平凡的東西，對他們並不平凡——他們張開眼，卻看不見；跨出腳，卻走不好；側著耳，卻聽不到；要跳下床，可是毫無力氣；想跨進家門，家門卻在千里之外。那些事既然在眞實生活中難以實現，自然成爲他們的夢想。

◉

想想這些，我們眞應該知足，因爲我們原本以爲非常平凡的自己，竟是許多人的夢想堆積成的。

我們常說「溫故而知新」，
其實也當「知新而溫故」。
因為前者重在發現，後者貴在省察。

知新而溫故

某日我去拜訪一位著名的史學家，並向他請教歷史方面的問題。

「請等一下！」史學家說：「對於你這個問題，我得查查書。」說著就從架上取下幾本看來已經很舊的書。

「這不是您自己的作品嗎？」我看到書名和作者而好奇地問：「爲什麼還要查考呢？」

「過去記得的東西，今天不一定清楚；過去的看法，今天也未必贊同。」史學家扶扶眼鏡笑道：「雖然我心裏已經想好了答案，但還是要與以前的作品對照一下，如果記的年代與書中不同，就要再查查年表，看看過去錯還是今天錯。如果看法跟書裏不同，更要作番審問、愼思和明辨的工夫，把錯誤的地方修正。這樣才不致出問題，思想系統也才能貫通。」

◉

臨走時，史學家送我到門口，再次強調：「今天不是昨天，昨天也不能代表今天。我們常說『溫故而知新』，其實也當『知新而溫故』。因爲前者重在發現，後者貴在省察。」

戰鬥時，當我們覺得疲憊不堪，難以支持的時候，不妨想想：
敵人可能比我們更疲困、更窘迫。
果然如此，則誰能支持到最後一刻，誰就能擊敗對方。

抗戰到底

戰爭前，當我們自認準備充分，佈陣嚴密的時候，必定要再設想一下：敵人是否比我們準備得更充足、安排得更巧妙。如此，敵人的一切可能，都在我們的算計之中，我們自然比較容易獲勝。

戰鬥時，當我們覺得疲憊不堪，難以支持的時候，不妨想想：敵人可能比我們更疲困、更窘迫。果然如此，則誰能支持到最後一刻，誰就能擊敗對方。

◉

二次大戰時，法國人自以爲馬其諾防線固若金湯，未料德軍竟轉道經由比利時東南的阿達尼山區而下，使得法軍猝不及防，一敗塗地，就是因爲沒能愼密地估計對方。相反的，我們能夠擊敗日本軍閥，則是因爲全民誓死抗戰到底，堅持到最後的一刻。

許多人自愛得過火，只知愛自己，不知愛他人，
所以成為了自私。
許多人自重得過度，以為天下只有自己最夠分量，
所以成為了自大。

自愛與自重

有些詞，表面看來差不多，意義卻大不同。

譬如：

自愛，表面看是自己愛護自己，彷彿有些自私，但「自愛」絕不是「自私」。

自重，表面看是自己重視自己，雖然「重」與「大」總是相提並論，但「自重」絕非「自大」。

◉

問題是：

許多人自愛得過火，只知愛自己，不知愛他人，所以成爲了自私。

許多人自重得過度，以爲天下只有自己最夠分量，所以成爲了自大。

遲

我有一次坐火車到水牛城去，車子離開紐約的時間比原定遲了二十分鐘。但是當我問查票員抵達目的地的時間時，他卻說要遲到一個鐘頭以上。

「我們只遲開了二十分鐘啊！」我不解地問：「爲什麼會遲到那麼久呢？」

「雖然我們遲開，但是別的列車並沒有遲，所以在路上的許多地方，我們得停下來讓別的車先過，等來等去，就非得耽擱一個小時以上了。」查票員笑著說：「火車上有句俗話：遲開一分鐘，晚到十分鐘。」

一個人在各處旅行，就是為了尋找新的經驗、體會新的生活、接觸新的環境，

旅遊的意義

有位美國朋友到我的畫室參觀，我特別爲他沖了杯咖啡，並爲自己沏了壺茶，但是端出來的時候，他卻選擇了茶。

「我想你當然是喝咖啡的，所以沒問你，就爲你沖了咖啡。」我說：「據我所知，美國人很少喝綠茶。」

「我在美國確實喝咖啡，不過而今是在中國，當然就要喝茶了。」美國朋友端起茶，呷了一口，點頭讚美地說：「在中國喝的茶，確實不同。我有些朋友到中國來仍舊要喝咖啡、吃西餐，實在是失去了享受的大好機會。」

◉

可不是嗎？一個人在各處旅行，就是爲了尋找新的經驗、體會新的生活、接觸新的環境，所以除了觀賞當地的風光，更應該試著去品嚐各地的名產，甚至加入當地人民的活動，感受不同的民俗氣氛。可是有些人，雖然到各國旅遊，卻巴不得連枕頭、廚子都帶著，非本國口味的餐館不進，不是自己熟悉的食物不嚐，眞是失去了旅遊的意義。

死亡對於他們不是絕滅，而是延續；
不是消失，而是不朽；不是離家，而是歸鄉。
又有什麼好怕的呢？

怕死

每個人都會「怕」，小到怕螞蟻、怕蜘蛛；大到怕颱風、怕海嘯；抽象的怕黑、怕鬼；具體的怕生病、怕打仗。雖然每個人怕的東西不盡相同，怕的程度也有差異，但是幾乎可以肯定地說：每個人最怕的都是「死」。

◉

死之可怕，是因爲我們既不能克服它、又無法了解它，它不像螞蟻、蜘蛛，可以消滅；也不像颱風、海嘯，可以防範。更不像黑，點起燈，便能驅散；或是某些疾病，只要細細調養，就能完全康復。所以凡是能令人聯想到死，或指向死亡的，我們就會特別害怕。我們怕鬼，是因爲猜想死人會變成鬼；我們怕打仗，是因爲戰爭造成死亡；我們怕癌症，是因爲癌症的死亡率高，所以怕來怕去，還是在怕死。

雖然許多人怕蜘蛛，但是很少有人被蜘蛛咬過；儘管許多人怕海嘯，但是很少有人受到海嘯的傷害；雖然許多人怕鬼，但是幾乎沒人見過鬼；儘管我們怕打仗，但是戰爭不一定會發生在我們身邊。可是，雖然人人怕死，死卻公平地降臨每個人的身上。無怪乎王羲之要嘆：「修短隨化，終期於盡。」李白要感慨：「天地者，萬物之逆旅；光陰者，百代之過客。而浮生若夢，為歡幾何？」至於陳子昂登幽州台歌：「念天地之悠悠，獨愴然而涕下。」王勃登滕王閣嘆：「閣中帝子今何在？檻外長江空自流。」也都是因為覽物傷情，聯想到人生的短暫。

但是話說回來，儘管絕大多數人都怕死，卻有些能視死難如鴻毛的人。譬如拒不仕周的伯夷、叔齊；拒不仕異族的文天祥、史可法；以死諫君王的屈原，以死勸山胞的吳鳳。歷代忠臣、豪傑、俠女、烈婦，爲國家、君王、朋友、名節而死的眞是太多了；雖然他們死時的身分、地位不同，但死的價值同樣偉大，所以古人說：「功業有大小，死節無重輕。」

◉ 此外，還有許多視死如歸的宗教家，他們爲了堅守自己的信仰，心甘情願地走上十字架、競技場和斷頭台，更爲了傳播福音，勇往直前地進入叢林、莽原和食人族的部落。因爲這些宗教家的犧牲，使他們的信仰非但不被消滅，而且傳播得更廣。

◉ 死本是人人畏懼的，爲什麼這些忠臣、烈士和宗教家們卻能視死如歸呢？

因爲人們怕死，是由於對死一無所知，認爲死亡之後，就什麼都沒了。而那些忠臣、烈士，卻知道以死來求仁、求義、求萬世的英名；宗教家則深信死後將進入天堂。前者以肉身的死，換取精神的不死；後者以死亡敲開永生的門戶。

死亡對於他們不是絕滅，而是延續；不是消失，而是不朽；不是離家，而是歸鄉。又有什麼好怕的呢？

這世上不僅是人，任何東西都很難十全十美。

十全十美

鑽石很硬，但是怕高溫；黃金耐火，但是又重又軟；鋁很輕，可惜會生銹。

如果鑽石能像黃金一樣耐高溫；黃金能如鋁那麼輕、如鑽石那樣硬；鋁又能像黃金和鑽石一樣不生銹，該多好。

這世上不僅是人，任何東西都很難十全十美。

能隨時廣泛地比較、學習、觀摩，
是巴黎時裝設計能夠精益求精的原因。

巴黎時裝

巴黎被公認爲世界服裝設計的中心，幾乎每種新款式，都由巴黎最先推出，再風行世界。所以有人開玩笑地說：「巴黎時裝界只要打個噴嚏，全球的女人就都會感冒。」

我曾經向一位巴黎的服裝設計家分析我的看法，我說：「巴黎因爲上有北歐著名的皮毛生產國，下有南歐最佳的絲綢，向西擷取英美的新科技，向東又有歐陸廣大的腹地。加上緯度適中、四季分明，自古又有藝術之都的美稱，世界各地的名家群集於此，羅浮宮、凡爾賽宮更近在咫尺，集合了這許多條件，所以能成爲世界時裝設計的中心。」

「你忽略了一點。」時裝設計家說：「巴黎也是世界各國服裝的展示中心。由於大家都知道巴黎的時裝講究，所以各國的名媛、淑女到達巴黎之後，莫不穿著她們最滿意和最能代表的服裝展示。巴黎的設計家每天看在眼裏，自然能引發新構想，並融合各國服裝的優點。所以能隨時廣泛地比較、學習、觀摩，也是巴黎時裝設計能夠精益求精的原因。」

衆人意見相左、突然改變步驟和倉促行事，都是最危險的。

過街

據統計，行人被車撞到，經常發生在兩種情況——

一為兩人牽手過街，行到路當中，突然看見車來了，一人要向前跑，一人急著往後退，結果拉扯之下，誰也沒跑掉。疾駛而至的車子，又不知向左或向右閃避，最後終於撞上。

另一種情況是行人突然衝到街上；原來慢步過街，中途猛然加快；或原本跑步過街，半路驟然停止。這些突然的變化，都使司機無法立即反應，而造成意外。

◉

不但過街是如此，做任何事不都一樣嗎？衆人意見相左、突然改變步驟和倉促行事，都是最危險的。

「行到水窮處，坐看雲起時」。
風景不僅看不完、尋不盡，
而且風景之外，還有人生的哲理。

風景

風景不僅要用眼睛欣賞，更要以整個身體和心靈去感覺。

像是：松濤、竹韻、鳥語、蟲鳴，我們可以側耳諦聽；清風、細雨、驕陽、冷露，我們可以用肌膚體會。又如花的馥郁、草的幽香、水的爽冽、土的渾厚，我們可以用鼻子辨別。至於如茵的草地、積葉的秋林、細軟的沙灘和青石的路面，我們則可以用腳底感觸。當然，更有那淒冷、幽深、荒寒、蒼老、典雅、樸拙、高古和孤危的感覺，需要我們心靈的契合。

◉

風景不止是表面的形色，更有它含蘊的精神；也正因此，它才能勾起我們的遐思、開拓我們的胸懷、引發我們的靈感、頓悟我們的人生。

「行到水窮處，坐看雲起時」。風景不僅看不完、尋不盡，而且風景之外，還有人生的哲理。

中國繪畫並非絕不畫天空，只是後來簡化，而大多留白。
國畫不是沒有光影、比例和透視，只是不一定精確。
國畫更非不寫生，只是許多人因為師古而泥古，
或一心在形似之外求畫，以致忽略了寫生。

對國畫的誤解

國畫雖然是我們的傳統藝術，但是外人卻有許多誤解。譬如：

許多人說中國畫是從來不畫天空的。

但是晉顧愷之在他的〈畫雲台山記〉中說：凡是天空及水色，都用青色的顏料染。

五代的荊浩在〈畫說〉裏也講：「烘天青、潑地綠」。

◉

許多人認爲國畫不講光影。

但是顧愷之在〈畫雲台山記〉中說：山的正面受光，則背面有影子；下面是山澗，則澗中反映的景物都是倒反的。

明末畫家龔賢也說：畫中的石塊，上面白，下面黑；白的是陽，黑的爲陰；石面因爲平所以白，又因爲受日月照射所以白；石旁邊多紋理或有小草和苔蘚堆積，又因爲不見日月而隱在暗處，所以黑。

◉ 許多人認爲中國畫不求寫生。

但是唐朝戴嵩畫牛能表現牛的野性和筋骨之妙，甚至在牛及牧童的眼睛中畫出反映的景物；畫牛在溪邊飲水，更表現了水中的浮影。

韓幹曾對唐玄宗上奏說：「臣自有師，階下內廄之馬，皆臣師也。」

宋朝的范寬更卜居終南、太華，偏觀奇山勝景，表示：與其向人學習，不如向大自然學習。

◉ 許多人認爲國畫不講透視、不求比例。

但是唐代的王維早說：「丈山尺樹、寸馬分人；遠人無目、遠樹無枝、遠山無石、遠水無波；石看三面，路看兩頭；遠山不得連近山，遠水不得連近水。」

五代荊浩的〈畫說〉也記載：人坐著時，頭看來約占五分之一；站著約占七分之一。

宋代的李成畫山上的亭館樓塔，更有仰畫飛簷見榱桷的說法。

◉

由以上所述，可知：

中國繪畫並非絕不畫天空，只是後來簡化，而大多留白。國畫不是沒有光影、比例和透視，只是不一定精確。國畫更非不寫生，只是許多人因爲師古而泥古，或一心在形似之外求畫，而忽略了寫生。當然我們在引述古人的同時，也應當自我反省，以求這一代的國畫，能有更大的突破。

當我們在生活中遭遇困難，
與其無濟於事地煩躁、慌亂，
不如從緊張中找一點輕鬆，從顛沛中找幾分安適。

緊張中的輕鬆

我有一次坐飛機，按照預定的時間，早該降落了，但是飛機仍在天空盤旋，大家正納悶，播音器中傳來機長輕鬆的聲音：

「報告各位一個好消息，本公司額外服務，特別免費帶大家欣賞一下鄉野的風光。」

但是當所有乘客的視線都轉向窗外時，機長又開口了：「還要附帶報告一個不太好的消息，因爲機場正在下大雷雨，我們要等雨小一點才能降落。」

◉

當我們在生活中遭遇困難，與其無濟於事地煩躁、慌亂，倒不如學學這位機長，從緊張中找一點輕鬆，從顛沛中找幾分安適啊！

憂，都是因為感懷己身的渺小，生命的短暫；至於其中的喜，則是由於豁達的人生觀，將自己融入萬化之中。

喜與憂

古人感懷人生，描寫悲喜交替的文章眞是太多了，他們忽而憂、忽而喜，憂中帶喜、喜中含憂。

◉

譬如王羲之在〈蘭亭序〉中從「遊目騁懷，足以極視聽之娛，信可樂也」，到「及其所之既倦，情隨事遷，感慨繫之矣」。王勃在〈滕王閣序〉中，由「四美具，二難并。窮睇眄於中天，極娛遊於暇日」的詠歎，到「興盡悲來，識盈虛之有數」的感懷，都是由喜轉憂。

◉

至於陶淵明在〈歸去來辭〉中由「羨萬物之得時，感吾生之行休」，到「聊乘化以歸盡，樂夫天命復奚疑」；蘇軾在〈前赤壁賦〉中，由「寄蜉蝣於天地，渺滄海之一粟，哀吾生之須臾，羨長江之無窮」的喟嘆，到「客喜而笑，洗盞更酌……」則是由悲轉喜。

◉

以上這些例子中的憂，都是因爲感懷己身的渺小、生命的短暫；至於其中的喜，則是由於豁達的人生觀，將自己融入萬化之中。當然除此之外，還有一種「不以物喜，不以己悲」的最高境界，也就是范仲淹在〈岳陽樓記〉中所說的「先天下之憂而憂，後天下之樂而樂」了！

同樣為適應，卻有積極和消極兩個完全不同的面；當我們自誇適應某種生活和環境時，都該好好反省一下。

適應

「適應」這個詞是大家常用的，但在不同的句子裏，卻可能代表完全相反的意思。

譬如說：「我剛到紐約時，完全無法適應那裏的嘈雜和髒亂；經過兩年多，倒也能適應了。」

「我剛到賭場工作時，看見那麼多傾家蕩產的悲劇，眞是無法適應；而今見慣了，倒也能夠適應。」

在以上兩段話中，「適應」只能說是一種無奈和麻木。

◉

又譬如：

「我剛到北方的時候，無法適應冬天的嚴寒；幾年下來，現在已經完全適應了。」

「我剛入伍的時候，眞無法適應那種嚴肅而規律的生活，經過幾個月的磨練，現在已經很能適應。」

在這兩段話中，適應則代表了克服和進步。

◉

由此可知，同樣爲適應，卻有積極和消極兩個完全不同的面；當我們自誇適應某種生活和環境時，都該好好反省一下。

許多工作和環境，我們初試的時候，
會覺得困難萬分、辛苦無比，
但是只要咬緊牙根地撐下來，不久後就能應付裕如。

冷天游泳

如果你有在冷天游泳的經驗，一定會感覺最痛苦的就是下水了。那水似乎要比外面的氣溫涼上幾十倍，就算拿腳尖輕輕採一下，也會凍得直打哆嗦。但是話說回來，當你一寸寸地潛入池中之後，似乎水又很快變得不冷，甚至還有些溫溫的感覺；屆時，你也就能輕鬆愉快地逐波戲浪，一展身手了。

◉

你曾經看過別人在冷天游泳嗎？那時站在岸上的人多半會說：「天這麼寒，穿著衣服站在這兒，還覺得冷，眞不曉得這些人怎麼能游得起來，而且好像還挺開心呢！」

至於曾經嘗試，卻半途而廢的人，則可能會感慨地說：「我只摸了一下水，就嚇得不敢嘗試了！那水簡直是沁心刺骨地寒，眞不明白他們是怎麼跳下去的。」

但畢竟游泳的人在那兒愉快地游著，不覺得不可耐，也沒覺得是在受罪。而岸上的人仍舊在岸上，他們看到別人游，都要打哆嗦，更不用說到水裏去享受戲波的情趣了。

◉

這個世界不就如此嗎？許多工作和環境，我們初試的時候，會覺得困難萬分、辛苦無比，但是只要咬緊牙關地撐下來，不久後就能應付裕如。相反地，那些過不了第一關的人，只好帶著懷疑、怯懦且羨慕的眼光，永遠站在門外張望了。

權衡輕重而後取捨，是非常重要的。

權衡輕重

我的兒子很喜歡看故事書，而且碰到不懂的，一定會來問我。

某日他把故事書抱到我的面前，問：「司馬光打破水缸救出跌在缸裏的小孩，水缸被他打破，不是很可惜嗎？」

「但是他如果不打破水缸，又沒有大人去救，小朋友可能會淹死，當然只好把缸打破。」我說。

過了不久，他又走到我面前，指著書上的圖畫說：「烏鴉爲了喝瓶裏的水，把小石頭丟進瓶子裏，烏鴉難道不怕小石頭弄髒水嗎？」

「可是那時烏鴉口渴，又找不到別的水源，當然只好忍著髒了。」我又向他解釋。

隔了幾分鐘，他居然又拿了一份報紙過來，指著上面一則新聞說：「這個小孩在山裏割草時被毒蛇咬到，他居然用鐮刀把自己被咬的地方割開，然後吸出血水，他怎麼下得了手呢？眞是太可怕了！」

「因爲他知道毒蛇會咬死人，而當時離山下遠，來不及找醫生，所以只好這麼做，以防毒液的擴散。」我拍拍他：「你由今天的三個問題，可以知道：司馬光如果珍惜水缸，小朋友可能會淹死；烏鴉如果怕石頭髒，可能會渴死；割草的小孩如果下不了手，可能會中毒喪命。權衡輕重而後取捨，是非常重要的。」

當敵人算計我們的時候，如果我們受害而不聲張，敵人常會以為沒有效果，而放棄進一步的行動。

氣球炸彈

二次大戰期間，日本曾在太平洋上空放出一批攜有炸彈的氣球，希望它們飄到美國的本土落下，可以造成傷害。當時確實有一些民眾被炸傷亡，但是美國政府並未對外發表這項消息，後來也就沒繼續發生氣球炸彈的事件。

大戰結束，日本軍事專家聽說這個消息，感慨地表示：「我們當年以爲氣球炸彈根本沒用，所以只放一次，就不再製造了。如果當時知道美國確實有人被炸傷，我們一定會繼續大量生產的。」

◉

由這件事可以知道：

當敵人算計我們的時候，如果我們受害而不聲張，敵人常會以爲沒有效果，而放棄進一步的行動。這就好比別人對我們惡作劇，我們愈急愈氣，他愈可能繼續鬧下去。相反地，如果我們只當沒事，對方發現毫無反應，失去了趣味，也就會停止了。

只有準備好柴薪的人，靈感才能成為火種；
只有準備好行囊的人，靈感才能成為導引；
只有筆墨在手的人，靈感才能成為書畫；
只有繪好五線的人，靈感才會化作音符。

靈感

靈感眞是奇妙的東西，走在路上，它會突然掠過你的耳畔；坐在車裏，它會驀地掛上你的車窗；推開門，它會飄落階前；關起燈，它會在暗中閃耀；甚至到了夢鄉，它還會扣動你的心扉。它是那麼不期然地來到，那麼輕、那麼快，卻又那麼強烈、那麼無痕，彷彿光的一閃、水的一波、雁的一掠，也就在刹那間，給予你無限的喜悅、無比的情思、無窮的哲理、深長的意味。

◉

每個人都可能有靈感，但不是每個人都抓得住它。對於哲學家，它或許是苦思不得的頓悟；對於音樂家，它可能是人間難求的天籟；對於藝術家，它或許是超凡脫俗的意境；對於文學家，它或許是剔透玲瓏的巧思；但是對於平凡人，它可能只是瞬間的欣喜罷了。

這是因爲前者在平時就已經不斷鑽研、探索、蒐求、構思，彷彿早已在林間張起高高的網子、在山間挖下深深的陷阱，儘管靈感的翅膀飄忽、腳步輕巧，落入網子、跌入陷阱，也不得不束手就擒。相反的，日常不多思考，或學無專精的人，彷彿豎起小小的網、掘下淺淺的坑，即使有鳥獸落入，也鉤不住、套不牢。

由此可知，只有準備好柴薪的人，靈感才能成爲火種；只有準備好行囊的人，靈感才能成爲導引；只有筆墨在手的人，靈感才能成爲書畫；只有繪好五線的人，靈感才會化作音符。爲了尋找靈感，你應該學習兀對尋山的范寬❶、騎馬覓句的李賀❷；爲了抓住靈感，你應該效法有感於蘋果落地的牛頓、觀察吊燈搖擺的伽利略❸。因爲只有渴求靈感的人，才能抓住靈感；也只有不放過任何小靈感的人，才能有大的創獲。

註：

❶范寬，名中正，字仲立，華原人。曾說：「與其師人，不若師諸造化。」意思是「跟人學，不如跟大自然學。」與李成、董源，並稱北宋三大家。——台北故宮藏有范寬的〈谿山行旅圖〉。

❷李賀，唐宗室，字長吉。從小就很聰明，而擅長詩文。他作詩，不先定題，每次騎馬外出，都叫跟從的小書僮背著錦囊，有靈感，則當場寫下，投入囊中，而有「錦囊妙句」之稱。

❸伽利略，義大利物理學、天文學及數學家，出身貴族，初習醫，後改修數學及科學，任比薩大學及帕雕亞大學數學教授。發現落體及擺之定律，始製溫度計，並以望遠鏡觀察天體，證明地球繞日，因此觸怒教皇而下獄。伽利略的發明甚多，被後世尊稱實驗科學之祖。據說因觀察吊燈搖擺而發現擺之定律。

「幽默真好！把殘破變為完美，把可惜變為疼惜。」

講話的技巧

「我昨天打破了父親一只非常心愛的茶壺。」一個學生對我說。

「令尊一定冒了很大的火吧！」

「沒有！」學生居然回答

「爲什麼？」我好奇地問。

「因爲我知道怎麼講話。」學生說：「我打破茶壺之後，跑去對父親說：『我爲您泡了十幾年的茶，今天不小心打破了一只茶壺。』」

「眞是會講話，但是令尊怎麼回答呢？」

「我父親也很幽默。他笑著說：『妳打破了我的壺，得再泡十幾年的茶。』」

「幽默眞好！把殘破變爲完美，把可惜變爲疼惜。」我說。

沒有人能永遠成功，所以總要作失敗的打算。
我們不怕失敗，只怕失敗之後不能再站起來。

滑翔翼

美國流行一種驚險刺激，看來又非常過癮的滑翔翼運動，參加的人從山頂乘著風箏似的三角翼向下滑，隨著氣流和風向，能夠在天空停留極長的時間，並作各種彎轉變化；由於這種滑翔翼比降落傘準確，而且移動幅度大，許多軍事學家更在研究如何用來作戰。

◉

當我在夏威夷海邊寫生時，看見一個乘滑翔翼的人，正好降落在我旁邊，就好奇地問他：

「我也想學學這種運動，不知道要什麼條件？」

「你有沒有心臟病？」那人問。

「沒有。」

「你會不會游泳和爬樹？」他又問。

「會游泳，可是幾乎沒有爬過樹。」

「先把爬樹學會，再來玩滑翔翼。」他很乾脆地說。

「可是我要學的是滑翔，不是爬樹啊！」我不解地問。

「你學過柔道嗎？剛開始學柔道，不是學怎麼摔人，而是學習如何被人摔。你只有在不怕被摔，知道如何在摔倒時保護自己之後，才能有更大的信心和勇氣去摔人。同樣的道理，你只有在不怕落入大海、掉進叢林之後，才能滑翔得好。」他一邊收拾滑翔翼，一邊說：「沒有人能永遠成功，所以總要作失敗的打算。我們不怕失敗，只怕失敗之後不能再站起來。」

一個人治學不論多麼專門，都可能有失誤的時候。
一般人若能慎密地觀察，也可能有超越專家的見解。

專家的失誤

五代的名畫家黃筌，被後世稱為勾勒花鳥畫之祖。據美術史記載，黃筌的花鳥，集各家之長，能「窮形極態、栩栩如生」。有一次蜀主命令黃筌在大殿的四壁畫花竹兔雉鳥雀，完成之後，正好有人呈獻白色的老鷹給蜀主，白鷹以為壁上所畫的雉雀是活的，竟然好幾次振翅欲撲，可知黃筌寫生功力之高了。

◉

但是據蘇軾的〈東坡題跋〉記載，黃筌有一張畫中的飛鳥，頸和足都伸展著，某人看了說：「飛鳥縮頸則展足，縮足則展頸，沒有足頸同時展的。」聽到的人起初都不信，認為黃筌是一代宗師，不可能有錯。但是經過細細的觀察，果如那人所說，是黃筌畫得有問題。

◉

由此可知，一個人治學不論多麼專門，都可能有失誤的時候。相反地，一般人若能慎密地觀察，也可能有超越專家的見解。

不要再哭了！再哭警察就要來抓你了！
不要再哭了！警察會來幫助你的。

警察

有位警界的朋友感慨地對我說：

「警察雖然有民眾的保母之稱，但是提到警察，許多人似乎只會想到抓搶犯、捉小偷、捕流氓和臨檢、搜查，卻不太會想到警察的救災、慰民、尋物、領路和維持社會治安。也就因為許多民眾不能在心中建立起警察的親切印象，而無法使警政工作發揮最高的效率。」

「我認為國內的警政已經相當成功，為什麼許多人還是不能對警察建立起親切感呢？」我問。

「我想『警察』這個名稱是多少有影響的。使人聽到警察兩個字，自然聯想到警告、警戒和查察、視察。其次則是由於人們小時建立的錯誤印象。」

看我不太了解，他進一步說：

「舉個最常見的例子，我們總聽到父母警告哭鬧的孩子說：「不要再哭了！再哭警察就要來抓你了！』你想想，在孩子的心中怎麼可能對警察有親切的印象呢？所以我希望以後大家如果再用警察來哄騙孩子，能改為：『不要再哭了！警察會來幫助你的。』這樣久了之後，小孩子迷路，自然會去找警察幫忙，長大之後遇到困難，也會主動請警察協助，更能時時向警察提供各種線索，不但警察的親切感能建立，警政也必會更成功。」

不清醒、不靈活、不從容、不戒慎、不適應的時候不宜開車。

黃昏與黎明

某日下午六點鐘左右，我搭朋友的車出去辦事，短短半個小時的路程，居然看到三起車禍。

◉

「不怕黑夜，怕黃昏；不怕白日，怕黎明！」朋友感慨地說。

「難道黃昏和黎明比黑夜和白天更容易出車禍嗎？」我問。

「當然！黃昏的時候，大家累了一天，都急著回家。而那時，天正由亮轉暗，有些人開了車燈，有的人沒開，加上經過整個白天，眼睛一時無法適應黃昏的光線，自然容易出車禍。」朋友說：

至於黎明，則露滑霧重、陽光傾斜，加上大家趕著上班，睡眼矇矓，手腳又不靈活，當然也比較危險。所以開車，最好在光線亮，人又清醒的白天；和車子少而心理又較謹慎的夜晚，而不宜在黃昏和黎明。」

「你應該講：不清醒、不靈活、不從容、不戒愼、不適應的時候不宜開車，而無須限定黃昏和黎明。」我說。

於濃密處見分量、見氣魄；
虛疏處見幽遠、見超脫。

虛實相濟

練工夫，講究虛實相濟，當對手以為是虛招而不拆不擋時，虛招就化為實招的攻擊；當對手硬碰硬接的時刻，實招又能轉為聲東擊西的虛晃；如此，實能轉虛、虛能化實，自然攻勢可以綿綿不斷，力量能夠源源不絕。

◉

同樣的道理，繪畫也要虛實相濟。看似重巒疊嶂、密不通風處，若能安排半角茅屋、一灣清淺，或留出幾條羊腸小徑，迤迤邐邐，轉過山後，將欣賞者的遐思引至「畫外之畫」，未嘗不是「實中之虛」。

◉

又譬如在朗朗晴空、氤氳雲靄、茫茫水色的空白處，添上幾點飛鳥、半抹淺渚、一葉扁舟，筆簡而意精、墨淡而味遠，則又未嘗不是「虛中之實」。

如此，於濃密處見分量、見氣魄；虛疏處見幽遠、見超脫。實以虛爲靈、虛以實爲體。虛實相濟、靈體相合，自然能成佳構。

播稿子、背台詞都不難。難在如何處理臨時的狀況，只有遇到這些考驗，而能應付裕如的，才能成為最佳的記者和演員。

臨時狀況

記者播新聞之前，最重要的工作，是把每篇新聞稿翻一遍，看看編號次序有沒有錯。儘管如此，仍然會有排漏、排反的現象，結果一條新聞播到中間，突然發現下一頁的稿子不能銜接，這時常得靠記者自己編一段，來結束那條新聞。

◉

演員在演戲時，最重要的是背好台詞，但是臨場仍然會出現漏詞、忘詞的情況。緊張的演員甚至會把下一幕的台詞糊塗地搬到上一幕，這時就得靠其他演員的幫忙了。如何提示、引導、化解，使觀眾不覺得有問題，實在是門大學問。

播稿子、背台詞都不難。難在如何處理臨時的狀況，只有遇到這些考驗，而能應付裕如的，才能成爲最佳的記者和演員。

儲蓄的習慣可以使你在得意時不致荒逸，在失意時不致窘迫。

貯水和儲金

你參觀過水庫嗎？

水庫通常是在溪谷間築起攔水壩，在水源充沛時貯存用不了的水，到乾旱的季節再將水放出；由於它可以有效地控制水源，所以能防止水患及乾涸，更能擴大灌溉的面積，增加糧食的產量。

◉

儲金就和貯水的道理一樣。如果你能在收入豐富時，將多餘的錢儲蓄起來，則可以無慮一時的短缺。儲蓄的習慣可以使你在得意時不致荒逸，在失意時不致窘迫，更因爲你能有計畫地使用，讓每一分錢都發揮最大的功用，而增加許多財富。

水庫可以發電，儲蓄能夠生息；水庫可以闢爲風景區，儲蓄不是也能爲我們的人生開拓美好的遠景嗎？

常清潔、常活動

我家附近有個水果攤，賣水果的老先生，沒事總把籃裏的水果拿出來擦拭，有一天我開玩笑地問他：「水果擦亮一點，是不是比較好賣？」

「我才不做那種表面工夫呢！」老先生說：「我是爲了避免水果霉爛。病人如果久不洗澡，躺在床上又不能翻身，背上會潰爛。同樣的道理，水果久不擦拭和翻身，也容易生霉。水果跟人一樣，要常清潔、常活動！」

鳥兒們在雪天不停地抖動翅膀，
所以沒有雪花會在牠們身上停留。

愈冷愈振奮

紐約的冬天很冷，氣溫常在攝氏零度以下，尤其是大雪初溶，不但冷得沁人骨髓，而且雪水在地面會再結爲薄冰，變得滑不留足。

◉

某日，我出去辦事，正逢這種嚴寒，我除了穿著厚厚的大衣、圍起圍巾、戴上帽子、豎直衣領，並把兩隻手擨在大衣口袋裏。走在路上正好碰到我的鄰居老先生，我點頭打個招呼，並繼續趕路。但是老先生把我叫住，問道：「你冬天都是這樣走路嗎？」

「是啊！」我說。

「太危險了！你怎麼把手放在大衣口袋裏呢？」

「因爲太冷了。」

「天愈冷，你愈得把手放在外面，你可以戴上手套，但絕不能擨在口袋裏，因爲路很滑，如果你滑倒的瞬間，雙手不能反應、支撐，是很危險的，每年因爲在冰上滑倒而傷亡的人不知有多少。」老先生神色嚴肅地說：

「你看！樹上的鳥兒們在雪天不停地抖動翅膀，所以沒有雪花會在牠們身上停留。牠們因爲運動，而不至於被凍死。寒冬專門傷害那些瑟縮的人，愈冷愈要振奮。」

那些令我們上癮的東西，耽迷其間固然是件樂事；
但是能戰勝它，不更值得高興嗎？

戒癮

我非常喜歡喝咖啡，每天連睡覺之前都得來一杯，才覺得這一天算是眞正結束了。大概也正因爲咖啡喝得太多，造成心跳過速，不得不去看醫生。

「你咖啡喝太多了，心跳當然會快。」醫生說：「從今天開始你要停止喝咖啡。」

我大吃一驚：「什麼？你叫我不喝咖啡，你一定不知道喝咖啡有多大的樂趣。」

「我確實不知道。」醫生笑著說：「我只知道不喝咖啡還能快樂，不用咖啡提神仍能精神抖擻，是多麼好。那些令我們上癮的東西，耽迷其間固然是件樂事；但是能戰勝它，不更值得高興嗎？」

他們沒有體力找尋新的體驗，
卻能靜靜咀嚼過去的回憶。

冒險、金錢、沈思

你知道爲什麼少年人比較喜歡冒險嗎？
因爲他們眼前有太多的歲月，所以不覺生命的可貴；他們心底有太少的記憶，所以不惜冒險以尋求新的經驗。

◉

你知道爲什麼中年人比較喜歡金錢嗎？
因爲他們只剩下一半的年歲，所以漸漸感覺享受生命的重要；他們不再仗恃年輕的活力，所以開始依靠金錢。

◉

你知道爲什麼老年人比較喜歡沈思嗎？
因爲他們擁有豐富的過去，卻只剩下少許的未來；他們沒有體力找尋新的體驗，卻能靜靜咀嚼過去的回憶。

用白難

我在教畫的時候經常強調：

「在色紙上用白色難，在白紙上畫白色更難。」因爲在色紙上畫白，筆筆看得眞切；在色紙上用白顏料，則往往看不清楚。在白紙上畫白，處處都會小心，唯恐一筆有誤，傷了大局；在白紙上畫白，則容易馬虎，因爲即使用筆錯亂，別人也看不出。問題是：白色的紙和絹，經歷長久的時間之後，會變黃變褐，而那時白色的顏料依舊純白，自然愈來愈清楚，過去的馬虎和毛病，也就一一顯現了。

由此可知，繪畫不僅要考慮當時的效果，也得想想未來的變化。許多馬虎和苟且，即使當時沒人發現，以後也是藏不住的。

天生的本能只有加上後天的培養，才能發揮。

游泳的本能

世界上沒有天生的旱鴨子（喻不會游泳的人），也沒有天生的水鴨子（喻會水者）。因爲據醫學研究，胎兒就彷彿在游泳，所以把初生的嬰兒放在水裏，能夠自然地浮起；但又據體育專家調查，沒有一個未曾學習游泳的人，跳到水裏能立刻游得好。

前者的研究顯示我們有游泳的本能，後者的調查表示我們需要後天的學習；天生的本能只有加上後天的培養，才能發揮。

戰勝敵人的第一步，是認清敵人。
即使在被傷害的時刻，也當看個清楚。

認清敵人

「如果你被蛇咬了，第一件要做的是什麼事？」

「當然是檢查傷口，防止毒液的擴散。」

「錯了！你應該看清楚咬你的是什麼蛇，如果無法將牠一舉擊斃，就得記住那蛇的特徵，這是當你被蛇『咬到的瞬間』就應當注意的。」

「爲什麼？既然已經被咬了，還管牠是什麼蛇。」

「如果牠不是毒蛇，你卻當毒蛇來急救，不是多此一舉嗎？假使牠眞是毒蛇，你更得知道是哪一種，才能對症治療，找到適當的血清啊！」

◉

所以如果遇上強盜，自忖無力抵抗，就應當暗暗記下對方的面貌，以便事後指認；在戰鬥中遇到強勁的敵手，則當記下對方的特性，以便日後研究。

戰勝敵人的第一步，是認清敵人。即使在被傷害的時刻，也當看個清楚。

只有「教」與管束、訓誨、化育、誘導同時並進，才能收到最大的成效。

教

中國的語文眞是太高明了，舉個最常見的例子：

「教」這個字，我們很少單獨使用，總是把它與別的字結合，成爲「管教」、「教育」、「教導」、「教訓」、「教誨」。這是因爲造詞的人知道：單單「教」是不夠的。對於沒有組織、放肆散漫的學生，還需要管理、管束；對於幼稚、不成熟的學生，還需要輔育、化育；對於不知方向的學生，還得給予誘導、引導；對於犯錯的學生，還當諄諄訓誨。

「教」要與管束、訓誨、化育、誘導並進，才能有最大的成效。

你一定要檢討自己是否曾經在志得意滿時做得過火、在高談闊論間傷及他人、在萬丈豪情中失之馬虎。

銳利

你曾經用非常鋒利的刀片裁紙嗎？如果你這樣做過，或許會發現新刀反不如老一點的刀子方便，因爲前者的刀口過於銳利，刀鋒稍稍偏斜，就會割歪，反不如舊刀帶一點「拉」的力量，裁得直。

◉

你自認年輕、聰明、詞鋒銳利、反應靈敏、衝勁過人嗎？如果是，你一定要檢討自己是否曾經在志得意滿時做得過火、在高談闊論間傷及他人、在萬丈豪情中失之馬虎。你也應該常常向老一輩學習呀！

「無違」不單在消極方面，要不違背父母的意思；
在積極方面，更當做令父母高興的事。
「無勞」不單要避免父母做太重的工作，
更當使他們不勞心、不勞神，乃至不覺其勞、自信能勞。

無違與無勞

某日我到朋友家作客，主人夫婦和他們七十多歲的母親，一塊兒陪我聊天。談話不久，我這位朋友突然起身到老夫人面前，低聲問：「娘！您是不是能爲我們煮壺咖啡？」老夫人毫不猶豫地點點頭，就轉身進去了。

這時我覺得很不安地說：「勞動伯母爲我們煮咖啡，這怎麼好意思呢？還是不要了吧！」

「我想你嘴上不講，心裏一定覺得奇怪。」朋友看著我：「你八成責怪我放太太在旁邊，爲什麼反而勞動年老的母親，對不對？」

我點點頭。

「我這樣做，在外人看是不夠孝順，豈知這正是我盡孝的一種方法。」

他笑道：「古人講孝，要無違、無勞。這當然對，但是而今卻有許多人把無違和無勞的意義弄錯了。譬如『無違』，是順承意思，不違背父母之命，有人固然在家裏能做到『父母說什麼，是什麼；要什麼，有什麼』；晨昏定省、甘旨無缺。但是在外面卻不行正道，與人爭凶鬥狠、花天酒地、貪污瀆職。一朝出事，不但自己倒楣，還殃及子女，禍延父母，這怎能稱得上『無違』呢？

再說『無勞』，有些子女，雙親年歲雖不大，就派專人伺候，使父母出門必有車，下車必有扶，落座必有茶，伸手必有煙，可以說眞正做到了無勞。但是他們是否想到，不使父母有絲毫勞動，反而使老人家的筋骨軟弱，抵抗力愈差了呢？

相反地，有些夫婦二人都在外工作，又僱不起人，而將家庭和幼子交給父母照顧，使得老人家忙裏忙外，非但談不上『無勞』，反而是『有勞』了。但是父母因爲家庭和樂，既見子女在外面事業順利，又見孫子女在自己手中成長；既不因年老而自覺無用，反因充滿盼望而益發硬朗，這結果豈不更好嗎？

所以，『無違』不單在消極方面，要不違背父母的意思；在積極方面，更當做令父母高興的事。『無勞』不單要避免父母做太重的工作，更當使他們不勞心、不勞神，乃至不覺其勞、自信能勞。

既然如此，『無違』就成了『如願』，使父母事事合意，且對子孫的未來充滿希望。『無勞』則成了『無老』，使父母毫無年老無用之感，而能長壽不老。這豈不就是孝的最高目的了嗎？」

◉

「你的這番話，眞是太有道理了。」我說：「可是，這與你請伯母煮咖啡有什麼關係，大嫂現在沒事，你何不勞駕大嫂呢？」

我這位老友神秘地笑了笑，低聲道：「你應該問我爲什麼不愛喝太太煮的咖啡，而只欣賞母親的手藝！她老人家把我從小帶大，在她心中，我永遠是個孩子，就算而今成家立業，還是離不開她。但我外面的事業，她老人家幫不上忙，所幸我還有兩件事情，誰也無能爲力，非求她老人家不可，這正是她高興和得意的地方啊！所以就算我太太會釘釦子，我還是請母親縫，並說她老人家縫得結實；就算我妻子會煮咖啡，我還是要請母親出馬，並表示只愛喝她老人家做的……」

◉

這時，老太太在媳婦的協助下，已經端著咖啡出來。我這位朋友趕緊趨前接過，並讚歎地說：「娘煮的咖啡，不必嚐，只要聞一下就知道不同，眞是太香了！」

「我這個寶貝兒子，討了媳婦，還非得喝老娘煮的咖啡，眞是從小慣壞了啊！」老太太對我笑著說，笑出滿臉的皺紋和深深的母愛。

少數作品看來橫塗豎抹、漫無章法，
但是細細品味，卻能見出不凡的氣魄和風骨，

評書法

當我在高中教書時，常聽見導師們說：「學生的書法是最好改的了，因爲好壞只要一眼就能評斷，不像週記得逐句看。」

對於這番話，我不敢苟同，我認爲書法是很難評閱的，有時一篇字看許久都無法決定。因爲學生各有各的體氣，勁挺的可以寫瘦金、渾厚的適合寫顏魯、險峻的可以寫歐陽詢、雄肆的可以走「石門頌」、灑脫的可以練王羲之的《蘭亭序》、奇峭的可以試黃庭堅的《松風閣》；學生選的碑帖與他個人體氣是否配合，應該加以審度，必要時則建議他更改。

◉

此外有些學生選碑奇特，譬如《天發神讖碑》❶和《爨寶子》、《爨龍顏》❷，非下功夫，不能欣賞。

至於最難的，則是少數作品看來橫塗豎抹、漫無章法，但是細細品味，卻能見出不凡的氣魄和風骨，彷彿未琢之玉，表面粗糲，但是內蘊奇材。這種學生若爲他選擇適當的範本並給予鼓勵，常能有特出的成就。相反地，如果隨意評個「大丙」，擲在一旁，恐怕學生一輩子都會認爲自己毫無書法細胞，而永遠被摒在書家的門外了。

註：

❶《天發神讖碑》，又名《天璽記功碑》，是三國時孫吳的皇象所寫的。歷代評書者認爲它「若篆若隸，字勢雄偉」或「銛厲奇崛，於秦漢之外，別構一體」。

❷《爨寶子》和《爨龍顏》大約寫在東晉和南朝的時期，作者不詳，兩碑字體相近，屬於隸書到楷書過渡時期的作品，世稱「二爨」。

好奇但不愛發問；懷疑但不愛辯論；
勇於讓座而吝於讓路；樂於說謝謝，
而怯於說對不起，是中國學生的通病。

聰明的學生

有位外國朋友，應邀到台灣作一年的客座教授，在他期滿返國之前，我問他對教中國學生的感想。

「好奇但不愛發問；懷疑但不愛辯論；勇於讓座而吝於讓路；樂於說謝謝，而怯於說對不起，是中國學生的通病。」他簡要地回答。

「那麼貴國學生呢？」我問。

「正好相反。」

「爲什麼？」

「中國學生有問題往往拿去問同學，卻不去問老師，因爲他們怕自己的問題幼稚，惹得同學笑話；又怕問的東西簡單，顯得自己淺薄；還怕問得太多，讓人覺得愛表現；更怕得罪了老師，倒楣的還是自己。」外國教授笑道：

「至於敝國學生，他們覺得繳錢上課，就是爲了買知識，不問白不問，不問是自己吃虧。老師講的東西不對，更該公開討論，如果老師辯不過學生，老師應該檢討。所以某些學校有學生給老師評分的制度，老師必須不斷充實，才能站得住腳。」教授話鋒一轉：

「談到讓座，我眞是讚賞中國學生，即使在長途客車上，也可以看見學生們讓座老弱婦孺，敝國學生則很少這樣做。可是說到讓路，中國學生又比較差了，他們常搶在老人家前面走，進出門也很少爲不認識的婦女和長輩開門，大概因爲他們覺得這些小事情，沒有必要講求吧！至於中國學生怯於說對不起，則是因爲沒有養成習慣，他們臉皮薄，覺得說對不起是令人害羞的事，而且認爲不是故意的錯誤，沒有必要說抱歉。所以在車上踩到人，只當不知道，也就過去了。相反地，敝國社會根本把對不起當飯吃，說對不起成了一種反應，稍有錯失，『對不起』就會脫口而出，連咳嗽一聲，都要來個對不起。」

「還是貴國學生好。」我說。

「不！應該說敝國學生比較聰明。」他笑道：「上課少發問，車上讓座，這些對自己損失較大的，敝國學生不做。至於讓路、開開門、說聲抱歉，於自己沒什麼損失的，敝國學生則樂於爲之。兩相比較，當然敝國學生比較聰明。」

美的東西，不一定要佔有；
從另一個角度看別人的美，可能更有味道。

尼加拉瀑布

當我遊完尼加拉瀑布返回紐約的時候，我的美國學生問我：「教授，你有沒有去加拿大那邊？」

「沒有！」我回答。

「那眞是太可惜了，美國這邊不漂亮，加拿大那頭才美呢！」

「你這句話講錯了。」我糾正他：「你應該說由加拿大看比較漂亮，因爲美國和加拿大在那裏有一河之隔，雖然眞正擁有瀑布的是美國，可是由於站在美國的土地上，只能看瀑布的側面，反不如對岸的加拿大，能夠見到瀑布的全貌。這就好比一個人面孔長得美，自己只能在鏡子裏看到，反而別人能夠欣賞。所以美的東西，不一定要佔有；從另一個角度看別人的美，可能更有味道。」

爭逐名利之心在作祟，此念一生，則風流盡去！

名利之心

美國故總統甘迺迪在位的時候，曾經極力提倡步行運動，標準是要在二十小時之內，走五十英里。當時新聞媒體競相報導，一下子變成熱門話題，連議院的女秘書都群起響應。

但是另外有些人卻表示不滿，理由是——標準的訂立，破壞了人們原有的散步情趣。

◉

這件事情使我有個感觸，我發現原本以繪畫為樂事的學生，聽說同學參加展覽得獎，心中便若有所失；原來以集貝殼為嗜好的，看到別人因為尋獲珍奇貝殼而成名的時候，很可能感到失落；原本沈醉於考古的學者，聽說他人發現了古墓珍寶，也可能不是滋味。

凡此種種，都因為名利之心作祟，此念一生，則風流盡去！

同樣是借，卻大有輕重之別，
小的只須報以一笑，說聲謝謝，
大的唯有結草銜環才能還報。

借

在我們日常生活當中，經常用到「借」這個字。借的意思是「暫取於人」，由於它不像買賣行爲必須銀貨兩訖，而是建築在彼此的信任上，所以更具有一分情意。

◉

借與送不一樣，借是暫時的取用，而非永久的佔有；因此借的另外一個意思，是需要還的，所謂「有借有還，再借不難」。

但是在中國社會，借常被用得非常抽象，譬如「借路」、「借光」、「借問」、「借個火」。雖然都是借，卻不必像「借錢」、「借書」一樣地原物奉還，而屬於情感的溝通。予者有情，借者領情，就在這「借」「予」之間，增進了彼此的情意。

當然也有一些非常糟糕的借，不但在借之前未徵求物主的同意，而且在借之後，還有害於人，譬如「借刀殺人」、「借屍還魂」。

◉

至於最偉大的借，則不但借出了東西，而且借出了情義，譬如戰國時孟嘗君的舍人魏子和馮諼，受命爲孟嘗君收租稅，竟將收到的錢轉借給賢者，甚至燒掉了借據。也正因此，當孟嘗君被誣告的時候，才有人以身爲盟，爲他向齊王辯白，而自剄於宮門之前。

所以，同樣是借，卻大有輕重之別，小的只須報以一笑，說聲謝謝，大的則唯有結草銜環❶才能還報。

註：

❶結草的意思是死後報恩。據《左傳》記載「魏顆打敗秦國的軍隊，並因爲秦國的大將杜回在作戰時摔倒，而抓到他。

早年魏武子有個沒生孩子的妾。武子重病時，對魏顆說「我死了，讓她改嫁。」等到武子病重時，又改口說「一定要把她拿來殉葬」。魏武子死後，魏顆說「重病糊塗說的話不算數。」於是把那妾嫁了。

魏顆抓到杜回的夜裡，夢見一個老人，對魏顆說：「我是那妾的爸爸，謝謝你沒要我女兒殉葬，所以在你打仗時用草繩把杜回絆倒。」

結草銜環表示感恩報德，至死不忘。宋·范曄《後漢書·楊震傳》李賢注引《續齊諧記》載：東漢人楊寶九歲時曾救過一隻受傷的黃雀。某夜楊寶夢見身穿黃衣的仙童口銜四枚白玉環送他，仙童說：「我是受你救助的黃雀，特來報答救命之恩。」後人將「結草」和「銜環」合為一則成語。

陶侃搬磚，固然鍛鍊了自己，卻無益於鄰里。

清潔巷

離我家不遠有一條巷子，附近的人都管它叫「清潔巷」，因爲那條巷子總是非常清潔，即使舊曆年的時候，也難得看到一點爆竹屑。

起初我以爲清潔巷之所以乾淨，只是因爲居民特別守公德，或是清潔隊格外照顧，後來聽鄰人解說，才知道清潔巷的由來，主要是因爲住在巷裏的一位老人，每天清晨就出來掃街，從巷頭掃到巷尾。

起初巷裏的居民看到，都勸老人不要這麼辛苦，但是老人依然每天定時掃街。鄰居們心裏不安，所以再不敢隨便丟果皮紙屑，有些人甚至傍晚還要到門外檢查一遍，唯恐自己門前不乾淨，即使老人不罵，其他鄰居看到也要責怪。每個家庭更叮囑自己的孩子，千萬不可給掃街的爺爺添麻煩，所以連上幼稚園的小朋友，都知道不可亂丟髒東西。大家這樣維護，加上老人每天把僅有的一點塵土都掃去了，自然使得那條巷子成爲「清潔巷」。

◉

有一天早晨我經過清潔巷，正好看見老人在掃街，就趨前問道：「老先生，我早就聽說您爲社區服務，您是否能告訴我，是什麼動機，使您開始每天掃街的工作，您不覺得辛苦嗎？」

「怎麼會辛苦呢？這一方面服務了社區，一方面對我自己也有好處啊！」老人笑著說：「第一，家庭是在社區當中，有了乾淨的社區，才能有健康的家庭，所以我爲別人灑掃，也等於自己服務。第二，掃地也是運動，它不激烈，卻能活動筋骨，不是很好嗎？」

「在這方面您眞是比晉朝的陶侃更偉大。」我說：「陶侃在廣州做官的時候，曾經以搬磚來鍛鍊自己，但是據說他搬磚只是在自己家裏搬，而且搬的是同樣幾塊磚，所以陶侃固然鍛鍊了自己，卻無益於鄰里。至於您老人家，則不僅運動了身體，而且有利於社區，更收到了端正風氣和教育的功效，豈不更偉大嗎！」

居高位，要想看得清楚、活得快意，真不容易。

居高位

某日，我訪問一位資深飛行員，請他談談工作中的感觸。

「高空和地面相差得眞是太遠了！」他感慨地說：「當我飛到三萬英尺以上的高空時，因爲大部分的雲層都沈在下方，所以眼前總是朗朗晴空。但是降落時穿過雲層，看到的卻可能是雨雪風霜和陰霾的天氣。此外，同樣是雲，由高空俯視和自地面仰觀，也大有差別。陽光直射時，比較薄的雲，因爲可以透過光線，所以從地面看，是白雲。但是從高空看，由於薄雲受光小，卻是灰雲。相反地，比較厚的雲彩，因爲陽光不易穿透，自地面看是烏雲；從高空俯視，反成了最美的白雲。此外高空雖然沒有雨雪和雲層的困擾，卻另有它可怕的地方，也就是晴空亂流。它會在你毫無預感的情況下來臨，使飛機一掉就是幾百呎，造成許多人受傷。再有一點，是高空空氣稀薄，必須靠艙壓空調才能呼吸，不像駕小飛機，可以享受開著窗子吹風的愜意和灑脫。一朝噴射引擎故障，更不能如單螺旋槳的小飛機一樣慢慢滑行。總之，有一得，就有一失，在高空飛行，固然有它的好處，卻也有許多要戒慎的事啊！」

「居高位，要想看得清楚、活得快意，真不容易。」我也感嘆地說。

今天我們虛心向別人學，
明日別人可能就得來跟我們請教；
今天我們抱殘守缺、故步自封，明天就只好瞠乎人後。

聖人無常師

在報紙上經常看到洋人來我國拜師學國畫、國術和中文的消息，許多人因此說：「你看！洋人又來拜師了，他們的藝術、體育和文學顯然不如我們，我們又何必去留洋呢？」

這句話乍聽是不錯，而且頗能建立民族自信，問題是「民族自信」不是「民族自大」，我們爲什麼不說：

「洋人的藝術、體育、文學已經不錯，尚且要來中國研究，我們當然也該去吸取洋人的長處。」

◉

法國名畫家馬蒂斯❶擷取了東方繪畫的平面觀念，發展出他自己的風格；美國名舞蹈家瑪莎葛蘭姆採用東方舞蹈的一些「地板動作」，融入她自己的技巧。我有許多習畫的外國學生，也都能將國畫的方法用在西洋水彩當中。洋人固然向東方學習，但是並不囫圇吞棗，而能吸收、轉化，變爲他們自己創作的能源。反倒是我們許多文學藝術家，硬將西洋語法帶入中文作品，或一味模仿西畫，卻不知西爲中用、截長補短，創造出有東方血肉的作品。

◉

羅盤、火藥、印刷術誠然是中國人發明的，問題是西洋人學去之後，而今登上了月球、發射了飛彈、印刷出足以亂眞的複製品，我們能不慚愧嗎？

◉

景泰藍是自土耳其傳來中國的❷，但是經過中國人的研究、改進，並在明朝景泰年間大爲發展，而今竟成爲我國的國粹，又有幾人知道它早期是由阿拉伯人輸入中國的呢？

◉

聖人無常師，孔子說：「吾不如老農、吾不如老圃❸。」韓愈講：「聞道有先後，術業有專攻❹。」我們更常講：「沒有狀元老師，有狀元的學生。」不論西學中，或中學西，都不表示誰的文化高一層。一樣東西不論是西洋產生或中國發明，都不表示誰能永久掌握。今天我們虛心向別人學，明天別人可能就得來跟我們請教；今天我們抱殘守缺、故步自封，明天就只好瞠乎人後。

註：

❶馬蒂斯（Henri Matisse 1869—1954）法國人，初習法律，後轉攻藝術，他的畫色彩鮮明、線條大膽，對於色面的結構非常講究，喜作平面的表現。是野獸派的代表人物。

❷景泰藍，鑲琺瑯於銅銀等金屬坯而製成的美術工藝品。創始於土耳其君士坦丁堡，元代由阿拉伯人輸入中國。明朝景泰年間（公元一四五〇至一四五八年），此種工藝品在北京特別發展，因爲常以藍爲底，於是被稱爲「景泰藍」，又名「燒青」，日人稱之「七寶燒」。

❸見《論語》〈子路篇〉。樊遲請學稼。子曰：「吾不如老農。」請學

爲圃。曰：「吾不如老圃。」

❹見韓愈〈師說〉。

只知作表面功夫，卻不知在根本上加強，
結果因為基礎上的毛病，改變原先的計畫；
更因為根本的動搖，而常常不得不從頭再來。

修鞋的哲理

我家附近有個修鞋店，雖然專門修理舊皮鞋，但是店中的各種機械設備齊全，絕不下於製造新鞋的工廠。

某日我問那裏的老闆：「你有這麼好的設備，爲什麼不製作新鞋，卻要去修理那些又髒又舊的破鞋呢？我看你修理某些破鞋所下的工夫，恐怕比製造一雙新的還麻煩。」

「人們既然能生育，人口又增加那麼快，爲什麼還要醫院呢？醫院是爲挽救人們的生命，我的工作則是挽救皮鞋的生命啊！」老闆笑道：「新生的孩子不能做成人的工作，新製的鞋也不如舊鞋舒服；從小養個孩子要下許多心血，重新買雙鞋也得花不少錢，豈能隨便把他們拋棄呢？」

「人是人，鞋是鞋，人是有生命的，鞋是無生命的，你怎能以鞋來比喻人呢？」我不服氣地說。

「人對人有情感，對鞋也有情感；人與人有緣，人與鞋也有緣啊。你想想鞋店裏有成千上萬的鞋，你爲什麼會選上這一雙？你看上它的樣子，未必滿意標的價錢；兩者都如意，還可能找不到適合的尺寸。東挑西揀，有時跑上十幾家鞋店，才選上這雙，豈不跟交朋友一樣不容易嗎？更何況它與你有長時間的相處，那簡直就跟知心的老友一樣……」

◉

「聽你這樣講，倒眞有幾分道理，鞋確實是愈穿愈適腳，只恨鞋底總容易磨壞，要不然還眞捨不得換。」

「這就對了！鞋面沒壞，鞋底先裂，扔了既然可惜，當然就得送來給我修。」老闆得意地笑著，但是接著又嘆口氣：「這年頭，大家挑鞋總計較鞋面的皮革軟不軟、滑不滑，卻很少考慮鞋底的材料和作工是否結實；製鞋的人爲了多銷，也盡量在鞋面上下功夫，這樣當然鞋底容易壞。買鞋的人原想鞋底別人看不到，差一點沒關係，豈知就因爲鞋底不好，使得鞋面容易變形，更因爲鞋底常壞，又懶得送修，而不得不買新鞋，這豈非太浪費，也太不智了嗎！」

◉

「這下我倒也要拿人來比喻鞋了。」我說：「我們選鞋固然重面不重底，做人不也常如此嗎？只知作表面功夫，卻不知在根本上加強，結果因爲基礎上的毛病，改變原先的計畫；更因爲根本的動搖，而常常不得不從頭再來，這也是太浪費、且太不智了啊。」

孩子固然應向父母學習，父母何嘗不能向孩子請教！

家庭老師

我有兩位外交界的朋友，幾年前同時由國內派駐美國，雖然當時他們的英文程度差不多，但是現在其中一人卻比另一位進步了相當多。某日我到前者的家中作客，問他何以能在幾年間有如此精進時，他神秘地笑著說：「因爲我有位一週七天的家庭老師，要不要我請他出來給你介紹介紹？」

說完他就把才上高中的兒子叫了出來：「這就是我的家庭老師，他在學校學的發音和文法都比我強，所以他只要聽見我講英語時的錯誤，就會糾正我。有時我遇到不懂的美國俚語和民俗典故，還可以拿去問他，久而久之，自然會有進步。至於另外那位同事，大概因爲孩子不在身邊，所以沒有這種機會。」

孩子固然應向父母學習，父母何嘗不能向孩子請教！

古今中外許多偉大的作品，
都是經過作者再三斟酌、推敲、修改之後才產生的。

塗塗改改

有一個學生，在看了作家手稿展覽之後問我：「有些人的手稿很少塗改，彷彿下筆萬言、一揮而就；有的作家卻東圈西畫，似乎處處梗塞、文思不順。前者的文章是否當然要比後者來得好？」

「塗改固然影響手稿的美觀，但是眞正要看的是定稿之後的成品；文章好，就算塗改千百次，也是應該❶。古今中外許多偉大的作品，都是經過作者再三斟酌、推敲、修改之後才產生的。」我說：「米開蘭基羅畫西斯汀教堂頂的壁畫，曾經將許多已完成的地方塗去重畫；歌德寫《浮士德與魔鬼》，修修改改六十年才完成，連王羲之最著名的《蘭亭集序》，也有七處塗改，可是它們卻能成爲繪畫、文學和書法的不朽作品，何曾因爲創作過程中的塗改和修正，而減損了價值呢？所以做任何事，只要發現錯誤，就當勇於改正。」

註：

❶本文並非贊成把稿子塗改得亂七八糟，而是主張當我們發現錯誤時，寧可塗改修正，不可爲了保持表面的美觀，而將錯誤「馬虎」放過。許多世界名文學家的手稿都是塗改滿篇，但印刷發表後，讀者只會讚歎作品的偉大，而不知原稿曾經再三更動。但是話說回來，我們投稿或在學校作文，因爲稿子不經過印刷，而直接送到評閱者面前，如果塗改太多，則可能影響閱讀的效果和成績。

我送的不是輸，而是「贏」，
您看！這不是「螢」窗小語嗎？

諧音

中國人非常講究「諧音」，單單從畫上就可以看得出來。譬如畫三隻羊，題「三陽開泰」；畫四隻羊，題「四季吉祥」（四隻吉羊）；畫七隻羊，題「吉祥」（七羊）。

又譬如畫荔枝，題名「大利」；畫九條魚，題名「九如」；畫蝙蝠，題爲「大福」；送蘋果，道聲「平安」；送棗子、花生、桂圓、蓮子，更表示祝福「早生貴子」。由於諧音的聯想，使我們的語言變得更爲生動，也製造不少生活的情趣。

◉

但是話說回來，諧音的講究也爲人們造成了一些困擾，儘管同音異義，人們在使用時，還是極力避免意義不佳的諧音字出現。譬如賀人喬遷之喜，我們可以送燈，祝對方一步「登」天、愈「登」愈高；

卻絕不能送鐘，因爲送「鐘」容易令人想到送「終」。此外人們也不太愛用「四」，迷信重的人，連買房子都不買四樓。爲的是「四」與「死」的音很接近。

◉

至於最糟糕的，大概要算是送書了，書明明是最有意義的禮物，但在許多情況下，卻不能送，以免令受禮的人想到「輸」。

記得我在過年期間曾經送一位長輩幾本書，不巧那位長輩正在打麻將，同桌的人看到我送書去，都開玩笑地對那位長輩說「你今天非輸不可了！」

我當時差點下不了台，幸虧靈機一動，指著書名說：「我送的不是輸，而是『贏』，您看！這不是『螢』窗小語嗎？」

有的談判，看來非常理想，卻永遠談不成。
有的談判，看來非常公平，卻有人吃大虧。

公平的談判

一

有一天，沙漠和海洋談判。

「我太乾，乾得連一條小溪都沒有，你卻水太多，變成汪洋一片。」沙漠建議：「我們不如來個交換吧！」

「好啊！」海洋欣然同意：「我歡迎沙漠來填補海洋，但是我已經有沙灘了，所以只要土，不要沙。」

「我也歡迎海洋來滋潤沙漠。」沙漠說：「可是鹽太鹹了，所以只要水，不要鹽。」

二

有一天，黃狗和花貓舉行談判。

「土地屬於我，屋頂屬於你，我們劃分界限，誰也不侵犯誰，好不好？」黃狗說。

「好極了！」花貓欣然同意。

「我從來沒有上過屋頂，你卻經常到地面來走動，這是過去的事，我姑且原諒你。」黃狗得意地說：「但是從今以後，我不上你的屋頂，你也不准到地面來，否則你就是違約，我就要對你不客氣了。」

◉

有的談判，看來非常理想，卻永遠談不成。

有的談判，看來非常公平，卻有人吃大虧。

多麼希望在那短短的交談和引路時，
留給國際友人一個美好的「中國人」的印象。

問路

在世界各地旅行，從「問路」這件事，往往就可以知道那個國家的人情味和民族性——

當我在德國的法蘭克福向一位老先生問路時，他立刻從口袋裏掏出紙筆，畫了一張地圖，然後指著地圖告訴我方向。

當我在法國巴黎以英語向一位紳士問凱旋門在什麼地方的時候，他以節奏美妙的「法語」，如數家珍地「告訴」我該怎麼走。

當我在英國倫敦向一位老先生問路時，他以雨傘指著方向，並告訴我在哪個巷口轉彎。而當我找到那個巷子時，回頭看，發現那位老先生仍站在原處，正對我頻頻點頭呢！

當我在日本東京誤入國鐵車站，向一個中年人問「地下鐵」的站名時，那位不會講英語的中年人，居然把我帶出「國鐵」，找到「地下鐵」，且買票隨我步下月台，走入最前面的車箱，請車長提醒我下車，然後鞠八十度的躬離去。雖然我對日本人原有些成見，但這位中年日本人的情意，怎不令我感動？

◉

由於自己旅行問路的經歷，每當我看到國外的觀光客，都盼望他能向我問路，我多麼希望親切地幫助一位異鄉人，更多麼希望在那短短的交談和引路時，留給國際友人一個美好的「中國人」的印象。

所以不論手卷抑或人生，片片段段的美固然重要，渾然整體的力量更不能忽略。

手卷與人生

中國畫在格式上最特殊的要算是手卷了。手卷是把寬度不大，卻橫而長的畫裱成卷軸的形式，長的能達數丈，短的也有好幾尺，欣賞時可以一邊捲，一邊展，彷彿看電影的搖鏡頭，一段一段、一樹一石、一山一水地欣賞。有些手卷上畫的小路從頭至尾迤邐連綿，看的人順著小徑，穿林、過橋、走棧道、涉溪渚、經津渡、訪山村、臨深澗、登懸崖、賞煙嵐、觀飛瀑，一路看下來，彷彿身遊畫中，怡然神往。古人說「畫可以觀、可以遊、可以居」，手卷是最能「遊」的了。

◉

我國歷代的手卷名作相當多，其中為大家所熟知的有宋代張擇瑞的《清明上河圖》，元代黃公望的《富春山居圖》、明代仇英的《漢宮春曉圖》、清代郎世寧的《百駿圖》和近代張大千的《長江萬里圖》

等等。

◉

好的手卷不但要一石、一樹畫得疏密有致，一人、一馬畫得生動活潑，亭台樓閣描繪得典雅，竹籬茅舍安排得閒逸，近山遠水經營得有層次、重林幽壑處理得有深度，使欣賞的人，一尺一寸地近觀，能覺得意味無窮。而且整幅手卷攤開來遠看，也要能見節奏、見氣魄。如果近看雖然有味，遠看卻是一片瑣碎，山頭沒有大小安排，色彩毫無輕重變化，甚至畫幾千里的山川，全用一種筆法，地質風物毫無差異，絕不可能成爲最佳的作品。

◉

人生就彷彿手卷，一邊開展、一面收捲；已經捲起的存入記憶，尚未呈現的充滿新奇。隨著它，我們有時能登泰山而小天下，有時入深谷而不見曦月；有時直入華美的殿堂，有時寄居拙樸的茅舍；或登東皋以舒嘯，或臨清流而賦詩；或引壺觴以自酌，或撫孤松而盤桓，只要手卷沒有展完、生命沒有結束，前面就有可看的景物、可感的人生。

◉

問題是雖然我們從一日、一月來看自己的人生，彷彿處處可愛、時時有所獲得，但是當有一天，別人把我們的一生像手卷般完全攤開時，在那許多細瑣、繁複、千山、萬壑之外，是否能見到最最感人的氣魄、節奏和力量呢？

所以不論手卷抑或人生，片片段段的美固然重要，渾然整體的力量更不能忽略。

當我們由於痛苦而哭泣時，必須立刻將淚水拭去，
因為只有這樣，才能獲得別人的尊重，
也只有明澈的眼睛，才能面對眼前的打擊。

淚

淚眞是很神妙的東西，平常它儲藏在淚腺中，不時分泌些，以滋潤我們的角膜，使眼睛不致乾燥疲勞；遇有塵沙飛入，更能及時大量地流出，將髒東西沖洗掉。淚是那麼地清澈、純淨而自然，所以有人說「世上最好的眼藥水是淚」。

當然淚還有一個極大的功用，是任何藥品都無法比擬的，那就是宣洩壓抑的情感。所以我們萬分痛苦時會落下悲傷的清淚，無比歡愉時也會湧出感動的熱淚。它是那麼自然地湧出，使我們難以克制。淚少時，或許還能噙在眼眶，暗暗地呑下肚子；淚多時，則掛上了雙頰，不得不用手擦拭；至於那簌簌如斷線珠子般的淚水，則難免沾濕了衣裳。

◉

中國人是最善於隱藏情感的民族，但在文學作品中描寫落淚的仍然相當多，從「忽聞歌古調，歸思欲霑巾」❶的欲淚、「掩淚空相向，風塵何處期」❷的掩淚，到「但見淚痕濕，不知心恨誰」❸的淚痕。從「鄉心新歲切，天畔獨潸然」❹的涕淚、「望君煙水闊，揮手欲霑巾」❺的拭淚，到「長使英雄淚滿襟」❻的沾衣。更有誇張的，如「近淚無乾土」❼；抽象的，如「滄海月明珠有淚」❽；乃至既誇張且抽象的「留得羅襟前日淚」❾。雖然詩人詞客描寫了那麼多落淚的情景，但是我們讀起來，卻毫無庸俗之感，因爲流淚是最眞摯的表現，它不但能將心中的鬱悶宣洩出去，也最能引發別人的共鳴與同情。

◉

雖然流淚是一種自然的表現，但隨著年齡的增長、環境的磨練，我們愈懂得克制情感，也愈不易落淚。所以孩子爲一點小事就哭，老年人卻能臨大事而不沾襟；所以有人講「少女是淚水做的」，又說「英雄不流淚」。也正因此，同樣一滴淚，如果流自老人、英雄和飽經憂患者的眼中，分量將格外深重。

◉

雖然我們在極度痛苦和歡愉時都可能落淚，態度卻應該有所不同。當我們由於痛苦而哭泣時，必須立刻將淚水拭去，因爲只有這樣，才能獲得別人的尊重，也只有明澈的眼睛，才能面對眼前的打擊。相反的，如果我們流的是歡欣的熱淚，則不必急於擦去，因爲透過淚水，眼前的幸福將更晶瑩、閃爍而多采多姿！

註：

❶見唐杜審言之和晉陵陸丞早春遊望。

❷見唐盧綸之李端公。

❸見唐李白之怨情。

❹見唐劉長卿之新年作。

❺見唐劉長卿之餞別王十一南遊。

❻見唐杜甫之蜀相。

❼見唐杜甫之別房太尉墓。

❽見唐李商隱之錦瑟。

❾見宋李清照之浪淘沙。

只有熄滅了燈光，小小的螢火才會點亮可愛的「螢窗」。
只有送走了喧嘩，唧唧的蟲鳴才能織成智慧的「小語」。

【附錄】

螢窗小語第六集〈前言〉

《螢窗小語》第六集又要出版了，在付梓的前夕，我內心有著非常複雜的感觸，一則以喜，一則以憂，喜的是：在我出版第一集時，許下共寫十本的心願，而今已經完成了一半以上。憂的是：每集《螢窗小語》的出版，是否都能帶給讀者一些新的東西。

常聽人說「文學植根於生活的土壤裏」。《螢窗小語》也是如此，因爲它彷彿我的日記，記錄日常的感觸和心得；也正因爲它從我平凡的生活裏產生，所以我希望能以平凡的語句，打動讀者的心。

平凡是美好的！過去我總盼望作個特殊人物，但是近幾年，卻發現平凡的可貴；我發覺平凡人看平凡事物，往往能比特殊人看得更深、更透、更沒阻隔。這就好比孩子們看世界，能比成人更眞切一般。

◉

因此，這兩年我學習了平凡。在國內時，我走入鄉野、走入深山、進入農村，去看那些我過去未曾接觸、不夠了解的平凡人和平凡事；到國外的這段時間，我則進入美國社會的每個層面，去觀察和了解。我在美國先後舉辦了三十多場畫展，也去了三十多個城鎮，更到許多學校和電視台演講示範。從紐約、華府到南部的小鄉鎮；從研究所到幼稚園；從市長到貧苦的黑人，我都接觸到了。我發現只有以孩子們的天眞與孩子嬉戲，淌著汗水與苦力交談，才能與他們敞懷地溝通。也就在這許多接觸中，我了解了美國強大的眞正原因，那不是船堅砲利或人種的優秀，而是共同的理想、犧牲、奉獻和參與的精神。我多麼希望自己的國家有一天能像美國一樣強大，但我也深深地盼望，大家不要一味追求美國式的物質享受，而忘了學習他們的篷車精神。

◉

有感於世事的艱難，這集《螢窗小語》有不少篇談到面對困苦應有的態度。在題爲〈淚〉的短文中，我說：「當我們由於痛苦而哭泣時，必須立刻將淚水拭去，因爲只有這樣，才能獲得別人的尊重，也只有明澈的眼睛，才能面對眼前的打擊。」

在〈我們靠自己〉一文中，我透過蝸牛媽媽的口說：「我們不靠天，也不靠地，我們靠自己。」

在〈愈冷愈振奮〉一文中，則透過老先生之口說：「鳥兒們在雪天總是不停地抖動翅膀，所以沒有雪花會在牠們身上停留。」

於〈認清敵人〉短文中，藉著登山家的對話說：「戰勝敵人的第一步，是認清敵人。即使被毒蛇咬傷的瞬間，也當看清那是什麼蛇。」

此外，我還提出：我們的社會不僅需要「公德」，更需要「公義」；當我們適應環境時，應該是去戰勝那個環境，而不是讓自己變得麻木。

◉

當然，《螢窗小語》第六集，依然保持了我過去「以較淺文字談較深問題」的原則，並爲了感覺親切、眞實，將許多篇寫成對話的形式；又爲了適應少年讀者，在必要的地方附加註解。我衷心盼望螢窗小語能成爲老少咸宜的一本書，更奢望某些短文，能佔用大家較少的閱讀時間和較多的思想空間。

◉

記得我在國內非常忙碌的時候，有位朋友曾經開玩笑地對我說：「你的書房總是燈火輝煌，怎麼可能看得見『螢窗』呢？你的客廳總是高朋滿座，怎麼可能聽得到『小語』呢？」

我當時不過笑笑，便將他的話置諸腦後，但是今天身爲一個異鄉人，在學生散去、燈火漸疏、人們都已熟睡的時刻，我獨坐窗前，面對漆黑的夜色，友人的話突然又迴盪在耳際，且成爲深深的哲理——

只有熄滅了燈光，小小的螢火才會點亮可愛的「螢窗」。

只有送走了喧嘩，唧唧的蟲鳴才能織成智慧的「小語」。

願這本平凡的《螢窗小語》第六集，能帶給您一點優雅的情懷、一些閒適的心境，和一片豁達的人生。

國家圖書館出版品預行編目資料

點燃快樂的爐火／劉墉著 --初版.
--臺北市：超越，2004〔民93〕
面； 公分

ISBN 957-29477-0-2（平裝）

855　　93002265

點燃快樂的爐火

作　者：劉　墉
發行人：劉　墉
出版者：超越出版社
地　址：臺北市忠孝東路四段三一一號八樓之六
郵政劃撥：一九二八二二八九號
電　話：(〇二)二七七一七四七二
傳　真：(〇二)二七四一五二六六
登記證：局版北市業字第壹陸壹零號
責任編輯：畢蘭馨
校　對：司馬特　畢薇薇　蔡慧慧
總經銷：大地出版社
地　址：臺北市內湖區內湖路二段一〇三巷一〇四號
電　話：(〇二)二六二七七七四九
印　刷：中原造像股份有限公司
地　址：臺北縣中和市建康路一三〇號七樓之十一
定　價：定價二〇〇元．首版特價一四〇元
出　版：二〇〇四年四月

ISBN:957-29477-0-2　　Printed in Taiwan